ヴァニティ

唯川　恵

KOBUNSHA

光 文 社

Vanity

目次

短編・中編

恋も

仕事も

結婚も、

こんなはずじゃなかった、

との戦いだ。

ごめん。

上司から「期待しているよ」と肩を叩かれ、同僚から「やったな」と声を掛けられ、部下から「憧《あこが》れます」と賛美される中、那美《なみ》は落ち着いた足取りで自分のデスクに戻った。

今しがた、部長からボストン支社への異動の内示を受けたばかりである。

海外勤務、それもボストン支社に配属された女性社員はまだ四人しかいない。彼女らはその後、重要なポストに就いている。つまり、内示は主流に乗ったという証《あかし》でもあった。

就職して十四年。会社は主に食糧品を扱う商社である。規模では総合商社に及ばないが、食糧品というカテゴリーの中では着実な実績を上げている。給料も待遇も悪くない。二年前には主任という肩書きも付いた。その上、ボストン転勤である。不満などあるはずもなかった。

席に着くと、那美はいつも通り、部下にいくつかの指示を出し、何本かの電話をし、パソコンを操作した。

一段落して、ふと窓に顔を向けると、いかにも仕事に生きる、そして、もう若くはない女の姿が映っていた。それが自分であることを受け入れるには、しばらく時間がかかった。

いったん視線をはずし、窓の向こうに連なるビル群や四角い空を眺める。そうして再び、自分を見た。

あなた、誰？

喉《のど》の奥で呟《つぶや》く自分がいる。

後悔というのではない。ただ、ここでこうしている自分が、那美は心底、不思議でならないのだ。


今でこそ、女性社員は立場も意識も男性社員と肩を並べているが、十四年前、那美がこの商社に就職した頃、与えられた仕事は電話応対と来客へのお茶出し、コピー取り、上司のおつかい程度のものでしかなかった。

会社は那美に何の期待もしていなかった。というより、会社が女性社員に望んだのは、仕事が忙しくて恋愛する暇もない男性社員のお嫁さん候補、というポジションだった。

だから入社試験も、成績の良し悪しより商社マンの妻にふさわしいかどうか——たとえば自宅通勤であるとか、両親が堅い職業に就いているとか――そういったものばかりが重視されていた。

同時に、那美が考えていたことも、四、五年勤めたら社内で結婚相手を見つけて寿《ことぶき》退社する、将来、海外勤務となる夫について世界のあちこちを回る、くらいだった。そういう意味で、入社した頃の那美と、会社の思惑は一致していたのである。

それなのに、今、ボストン支社に転勤である。

もちろん嬉《うれ》しいし、やる気だってある。

ただ、やはり那美は不思議でならないのだ。十四年前の自分と、今の自分が繋《つな》がっているなんて、何かの間違いではないかと思ってしまう。

翌日、智子《ともこ》から電話があった。

「那美、聞いたわよ、ボストン支社ですって。すごいじゃない」

少し鼻にかかった声は昔と少しも変わらない。

「情報、早いのね」

と、言ったものの、当然だ。智子の夫は隣の課にいる。

智子と那美は同期だった。

あの頃は、よく一緒に遊んだ。食事にショッピング、旅行にも出掛けた。智子は入社して三年後には社内の六歳年上の相手と結婚し、退社した。今では小学生の子供がふたりいる。

「何年行くの？」

「三、四年ってとこじゃないかな」

「じゃあ帰って来る時は四十歳じゃない」

「ああ、そうなるわね」

智子は昔から——本人は自覚していないだろうが——ひと言挟まずにはいられないところがあった。三、四年と言っているのに、四年と決めつけて、四十歳にしてしまう。

「それでね、那美の歓送会を兼ねて、同期会をしようかと思うんだけど、どう？」

「いいって、そんなの」

「そんなこと言わないで。私がしたいのよ。こんな機会でもないとみんなで集まれないもの。場所も連絡もみんな私に任せておいて。で、いつが空《あ》いてる？」

あまり乗り気ではなかったが、善意で言ってくれているのはわかっている。そう無下《むげ》には断れない。断れば、智子はきっと「私みたいな専業主婦とは会いたくないのね」と、拗《す》ねた思いを抱くだろう。

那美はデスクの引き出しからシステム手帳を取り出した。発《た》つまでにひと月半ほどあるが、それまでにしなければならない雑務は山のように残っている。

「じゃあ、二週間後の金曜かな」

ようやく夜が空白になった欄を見つけて答えた。

「わかった。場所が決まったらまた連絡するね」

「OK」

それから、智子は探るように言った。

「ねえ、渡部《わたなべ》くんにも声を掛けていい？」

それと悟られないほどの短い沈黙のあと、那美は平静に答えた。

「もちろん、いいけど。どうして？」

「ううん、だったらいいの。気の回しすぎよね。昔のことだもの、もうわだかまりなんかあるはずないわよね」

これは好意だろうか、それとも悪意だろうか。

那美は声を出して笑った。

「当たり前じゃない」


このところずっと、出発の準備に忙殺されている。

仕事の引継ぎ、取引先への挨拶、デスクの整理、家に帰れば荷物をまとめなければならない。

三十歳になった時、実家を出て都心に1LDKのマンションを買ったが、それを賃貸にし、残った荷物は実家とトランクルームに分けて預けることにした。

ボストンでは家具つきのマンションが支給されるので、身の回りのものだけを持っていけばいい。しかしこの年までひとりでいると、ものはあれこれと増える。那美は次々と、クローゼットに押し込まれたものを引っ張り出して来た。

たまたま手にしたのはアルバムだった。市販の安価なもので、一ページにビニールのポケットが六個ついている。学生時代までのものは実家にあるので、ここに収められているのは就職してからの写真だ。最近はデジカメで撮り、データとして保存してあるので、アルバムは必要ない。ここに入れておいたこともすっかり忘れていた。

どの写真の中でも、若い自分が弾けるように笑っていた。オフィスで先輩と一緒のも、飲み会で上司の隣でかしこまったのも、智子と旅行した時のもある。

その中の一枚に、那美は目を留めた。入社した年の秋、同期入社のメンバーで出掛けた伊豆旅行の写真だった。

宴会場で、みんな浴衣を着ている。酔った赤い顔で、ピースをしたり、ガッツポーズをとったり、おどけた表情で笑っている。

同期は十三人、男八人に女五人。

女五人のうち、今も会社に残っているのは那美ひとりだ。残りの四人はそれぞれ結婚し、退社している。男八人も、出世した者もいれば、少し後《おく》れを取っている者、子会社に出向させられた者と、さまざまだ。

自分たちの前にどんな人生が待っているのかも知らず、写真の中で、みんな無邪気に笑っている。

今になってよくわかる。

たとえば、生き方とか方向性とか、前途とか未来とか、意識でも価値観でも何でもい い、転機というのは、だいたいにおいて不運がきっかけになる。

那美にとっての転機も、まさに不運がきっかけだった。


好きだ。

と、あの時、辰也《たつや》は言った。

伊豆の温泉で、ゲームに興じているみんなの隙《すき》を見計らったかのように、酔った辰也は那美の隣に強引に割り込んできた。

「入社して、初めて顔を合わせた時から、ずっと好きだった」

辰也の気持ちに気づいてなかったと言えば嘘《うそ》になる。

「付き合って欲しいんだ」

ためらいながらも那美は頷《うなず》いた。正直を言えば那美も同じ気持ちだった。だから辰也の言葉が素直に嬉しかった。

付き合い始めて、社内恋愛がこんなに楽しいものだと初めて知った。毎日、会社に行くのが待ち遠しい。仕事も張り切ってやった。残業も苦にならなかった。辰也とは別の課だったが、時には、忙しい彼の仕事をフォローするために、那美が代わりにパソコンにデータを打ち込んでやったりもした。廊下ですれ違ったり、社員食堂で遠くに姿を認めると、素早く目配せし合う。時には、人気のない会議室に忍び込んでキスを交わした。

辰也は会社が半分家賃を出してくれる小さなマンションに住んでいて、那美はちょくちょくそこを訪ねた。小さなキッチンで、ままごとみたいにふたりで料理を作り、窮屈なシングルベッドで抱き合った。

「俺の嫁さんになるんだからな」

辰也の言葉に、幸福に酔いしれながら那美は頷《うなず》く。

「うん」

「絶対だからな」

そうしてぎゅっと那美を抱き締める。

この毎日の延長線上に、辰也との結婚が待っている。それを疑う余地はなかった。

付き合いは内緒にしていたが、噂《うわさ》は広がっていた。あれこれ言われるのは嫌だったが、どうせ結婚するのだから知られたら知られた時だ、という覚悟もできていた。

最初に結婚が決まったのは智子だ。付き合っていた第二営業部の六歳年上の彼と、とんとん拍子に話がまとまった。その半年後には別の同期が、さらに一年後にはもうひとりの同期も結婚することになった。

彼女たちに後《おく》れを取ったように思えて、那美は気が気ではなかった。

早く私も結婚したい。

しかし、付き合いが五年を過ぎても、辰也から具体的な言葉は聞かれなかった。那美と同い年の辰也はちょうど仕事が面白くなってきたところで、結婚はまだ先と考えているふしが窺《うかが》えた。

辰也はそれでいいかもしれない。でも、那美にしたら不安もある。同期で残っているのは自分ひとりだ。両親からも「いい人はいないの」と圧力を掛けられるようになった。男にとっての二十七歳と、女のそれは、ぜんぜん重みが違う。

早く辰也と一緒になりたい。私は何時《いつ》まで待てばいいの。あと一年？　それとも二年？　三十歳を過ぎてから、なんて言われたらどうしよう。

会社に大きな転換期が訪れたのはそんな頃だ。

外資系の銀行が大株主となり、新しい役員が経営陣に送り込まれて来たのだ。会社の方針は瞬《またた》く間に変わった。

役員改選、仕事の合理化。そして、今後は女性社員も男性社員と同等に扱うという通達が回った。つまり、すべての社員が総合職になり、残業も出張も転勤も男女の区別なく行われるというのだ。給料体系も変わり、基本給と能力給になるという。今まで、那美がやってきたようなアシスタント的な仕事は派遣社員に任せ、それを受け入れられない社員は、子会社か関連企業に出向となる。

多くの女性社員たちは戸惑《とまど》いを隠せなかった。今までの安穏《あんのん》としたＯＬ生活はもう送れないということを実感した。

もちろん、やる気に燃える女性社員たちは多かった。しかし、出張や転勤はできないと、出向を受け入れる女性社員もかなりいた。そして、駆け込むように結婚を決心する女性社員もいた。

当然、那美も決断を強いられた。

しかし、これはひとつのチャンスでもあると那美は思った。これをきっかけに辰也と結婚しよう。それがいちばんの方法だ。考えてみればいいタイミングではないか。

「ねえ、どうすればいい？」

尋ねると、辰也は黙った。

「今更、総合職でもないと思うの。後輩はいっぱいいるし、出張とか転勤とか、そういうのがあっても困るでしょう」

土曜日の夜のイタリアンレストランである。一緒に食事をするのはひと月ぶりだった。ここのところ、辰也は毎週のように出張や研修で、休日をつぶされていた。

「出向もいいかなって気持ちもあるけど、どんなところに回されるかちょっと不安なの。うちの関連企業はファミレスとかビル管理とか、業種が違うところが多いから。だからね、いっそのこと会社を辞《や》めて、この際、お花とかお料理とか花嫁修業に専念しようかなって思うんだけど」

それでも辰也は黙っている。

「ねえ、辰也ったら、聞いてるの？」

返事のない辰也に焦《じ》れて、那美はテーブルに身を乗り出した。

その時、辰也は頭を下げ、こう言ったのだ。

「ごめん」

那美はしばらく、辰也の額を眺めた。

「え……、何で謝るの？」

「俺は何にも言えない」

「言えないって？」

「だから、つまり、那美のこれからのことについて、俺は何も言えないってことだ」

那美はゆっくりと瞬《まばた》きした。

「それってどういうこと？」

辰也はまだ頭を下げたままだ。

「まさか、別れたいってこと？」

とろりと重い沈黙があった。

「うん……」

その答えを聞いた瞬間、身体の奥底から、硝子《ガラス》の破片のような怒りが湧き上がってきた。それは内側を傷つけながら、那美を逆上させていった。

「どうしてなの、理由を聞かせて」

「悪いのはみんな俺だ」

「聞いてるのはそんなことじゃない」

そして、付け加えた。

「あの噂、本当なのね」

それは半年ほど前から耳にしていた。受付にいる、まだ入社して一年の、胸の大きい、甘ったるい喋《しゃべ》り方をする女のことだ。ふたりでいるのを見たという、それも腕を組んでいたという、そんな話を面白がって告げ口する輩《やから》はどこにでもいるものだ。

それでも、那美は辰也を信じていた。付き合ってきた五年、彼以外に心を動かしたことは一度もない。辰也が好きだったから、この五年、待ち続けたのだ。

「何とか言って」

那美の強い口調に、辰也はゆっくりと頷いた。

「ああ、本当だ」

すっと指先が冷たくなった。

「今更、何を言ってるの。嫁さんになってくれって言ったのは辰也じゃない。それが何なの、そういうことを今更どうして言えるの。私は辰也の何だったの？ 信じて待っていた私が馬鹿だったの？」

何を言っても、何を聞いても、辰也からはもう説明はない。どころか、まるで開き直ったように、不貞腐《ふてくさ》れた顔をしている。

「だから、ごめんって言ってるだろ」

付き合ったこの五年という時間に、たった三文字で辰也はケリをつけたのだ。

那美は会社に残り、総合職として働き始めた。

意地もあったし、今後の生活に対する切実な不安もあった。今までと違う自分になりたかったし、なることで自分を支えられそうな気もした。

それからというもの、激務に追われる毎日が続いた。

命じられた残業も出張も、面倒な取引先との接待も、那美は必死にこなした。毎朝、始業一時間前には出社して、世界の株価をチェックし、新聞の経済欄を熟読した。本格的に英会話を習い始め、専門知識を深めるために、時には大学の講座に出掛けて勉強した。会議では臆さず自分の意見を述べ、レポートを作って上司に提出した。

これが前の体制のままの会社であったら「女だてらに」とか「所詮《しょせん》は女だ」と、古い体質が残る上司たちに煙たがられていたに違いない。しかし、会社はすでに外資の銀行が牛耳《ぎゅうじ》っている。誰もが自由に意見を述べられる雰囲気が定着していた。もちろん厳しいが、その分、すべては実力次第だ。

いつしか那美は、確実に会社の評価を受けるようになっていった。

那美は順調にキャリアを積んでいったが、それに逆行するように、辰也は徐々に精彩をなくしていった。

上司とソリの合わないことが、最初の躓《つまず》きだった。

もともと褒められて伸びるタイプの辰也は、上司からの細かい注意や小言に神経をぴりぴりさせるようになっていた。

それでも、決して主流からはずれていなかったはずである。そのまま行けば、順調に出世コースに乗っていただろう。

そんな時、辰也は大きな失敗をした。南米から輸入する穀物の取引で、レートを間違えて契約を成立させてしまったのだ。会社が被った損害は大きかった。

失敗は仕方ない。誰にだってある。挽回するチャンスはいくらでもあったはずだ。しかし、それを放棄し、すっかりくさってしまったのは辰也自身の責任だ。

三カ月後の異動で、辰也は現場からはずされた。その一年後には、関連会社に飛ばされることになった。


歓送会は、思いがけず盛り上がった。

智子が選んだ和食レストランの座敷は、洒落《しゃれ》た造りになっていて、雰囲気もよく料理もおいしかった。

男たちとは、たまに社で顔を合わすこともあるが、ゆっくり話す機会はほとんどない。女たちはみな母親の顔になっていたが、飲むとすぐに一緒に勤めていた頃に戻った。誰もが転勤を喜んでくれ、那美も素直に感謝した。

辰也は来ていない。

「出席できるかどうか、ぎりぎりまでわかんないって返事だったの。会費は振り込んでもらってるから、いいんだけどね」

と、智子は言っている。

「やっぱり、顔を出しにくいんじゃないかなぁ」

ひとりが呟いた。

「だろうな。まさか、あいつがファミレスの店長とはね」

「結局、あの契約のミスが、あいつの前途をつぶしたってわけだ」

「わかんないものよね、人生って」

「入社した頃は、いちばん出世するって言われてたのにね」

那美はワインのグラスを口に運びながら、黙って会話を聞いている。

もしかしたら、その様子をみんなは無関心と見ているかもしれない。華やかにボストンへ発つ那美にとって、子会社に追いやられたかつての恋人などどうでもいい存在だと。

でも――。

辰也を忘れたことは一度もなかった。会社でいつも姿を追っていた。あの受付の女と結婚した時も、娘が生まれた時も、肌がちりちりするような感情を抑えつつ、屈託なく喜ぶ辰也の姿を遠くから眺めていた。

今夜はどこの取引先を接待し、週末はどこのゴルフ場を予約しているか、それも知っていた。もちろん、今どんな仕事をしていて、どんな書類を作成しているかも、だ。

深夜や早朝、あるいは休日、誰もいないオフィスで辰也のパソコンを立ち上げて侵入するなど簡単だった。恋人だった頃は、辰也の代わりに、データを打ち込んだことだってある。レートの数字をほんの少し変えることぐらい、一分もあれば操作できた。

あの時、辰也は理不尽にも、私に不運を押し付けた。

だから、私も辰也に不運のお返しをした。

これでおあいこのはずだ。

結果として、私はボストン転勤になり、辰也はファミレスの店長になった。しかし、それは私のせいだけじゃない。私は努力したし、辰也は投げ出した。そういうことだ。

それなのに、あれからずっと気が晴れない日々を重ねてきた。これは辰也の自業自得、私を裏切った報い、そう思いながら、胸の中に燻《くすぶ》り続ける苦い思いを払拭《ふっしょく》できずにいた。

その時、襖《ふすま》が開いて、辰也が入って来た。

「悪い、遅れて」

久しぶりに見る辰也だった。少し痩せたかもしれない。前髪に、前にはなかった白髪が混ざっていた。

辰也は那美の顔を見ると「栄転、おめでとう」と言った。

皮肉など微塵《みじん》も感じられない、ありのままの言葉だった。

不意に、泣きたくなった。

ごめん。

いつか、この三文字で、辰也に、そして自分に、ケリをつけられる時が来るのだろうか。

anniversary

姉から「結婚しようと思うの」と聞かされたのは、半年ほど前のことだ。

今、新幹線に揺られながら、私はぼんやり窓の外を眺め、思い返している。

正直言って、あの時は驚いた。

姉は三十一歳、広告会社に勤めている。こう言っては何だが、相当の仕事人間だ。いつもパリッとしたパンツスーツに身を固め、残業も出張も厭《いと》わず、毎日、飛び回っている。

私はそんな姉に密《ひそ》かに憧《あこが》れていた。面と向かって言ったことはないけれど、かっこよくバリバリ仕事をする姿は、私にとってひとつのロールモデルだった。

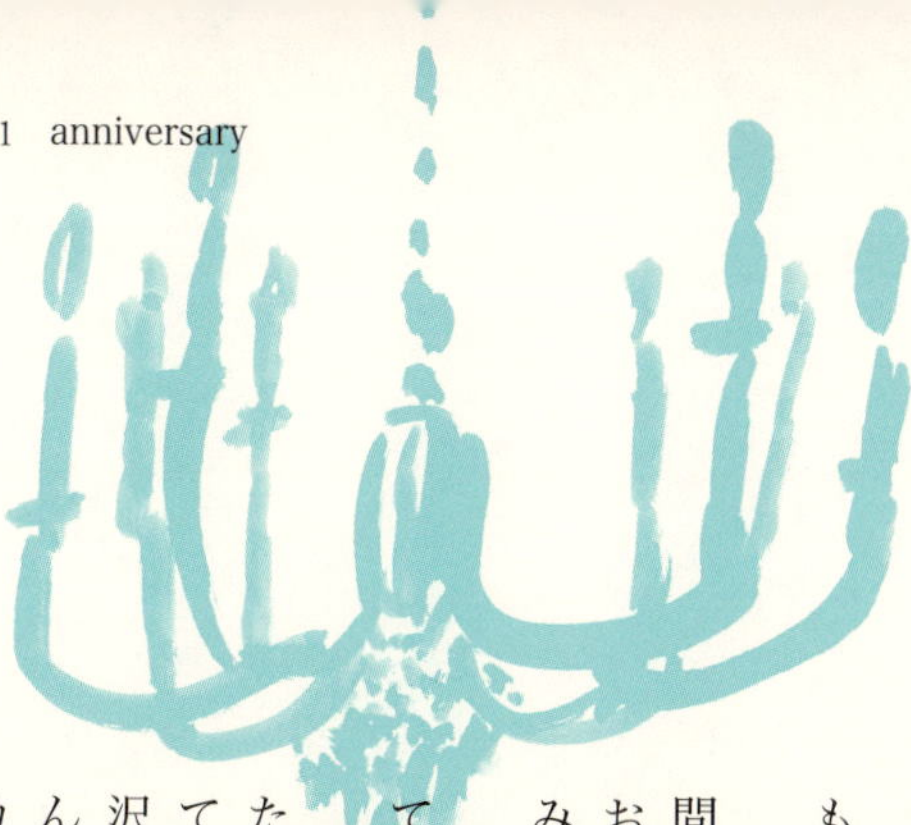

だから「おめでとう」と言ったものの、内心では、戸惑っていた。もっと言えば、姉もやはり結婚を選択する普通の女なんだ、と驚いていた。

私だって結婚に憧れる気持ちがないわけじゃない。でも、どこかでリスクも考えてしまう。

何より、周りの既婚者を見ているとわかる。自分の時間がなくなって、仕事と家事の両立にふうふう言って、お姑《しゅうとめ》さんとのちょっとしたいざこざにボヤいて……。みんな、本当に大変そうだ。

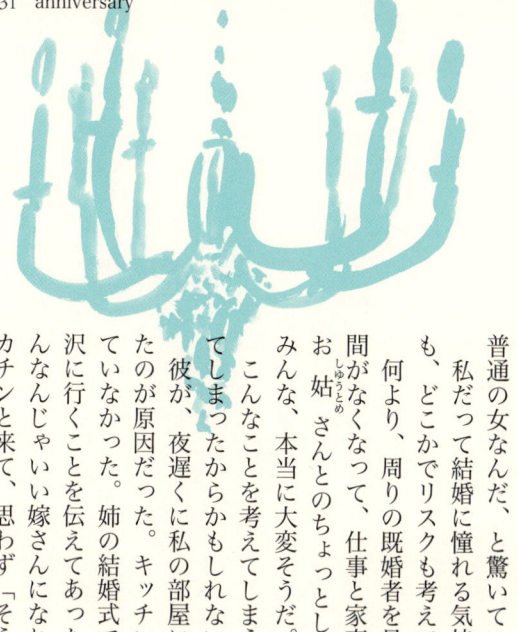

こんなことを考えてしまうのも、昨夜、恋人と喧嘩《けんか》してしまったからかもしれない。

彼が、夜遅くに私の部屋に来て「腹が減った」と言ったのが原因だった。キッチンの冷蔵庫の中には何も入っていなかった。姉の結婚式で明日明後日の二日間、軽井沢に行くことを伝えてあったのに、それを見た彼が「こんなんじゃいい嫁さんになれないぞ」と言った。それでカチンと来て、思わず「そういうお嫁さんが欲しいなら、そういう人と付き合えば」と、彼を追い返してしまったのだ。

二十四歳になったばかりの私は、今、仕事もプライベートもとても充実していて、結婚なんてまだまだ先のことだと思っている。

恋人として彼はとても好きだ。気持ちが真っ直ぐで、感動と笑いのツボが同じで、出来たらずっと一緒にいたい、という思いがある。でも、昨夜のようなことがあると、結婚したら今までとは違った関係になってしまうのではないかと、ちょっと不安になる。

私は結婚というものがよくわからない。

今が幸せならそれでいいじゃない、と思ってしまう。

そんなことを考えているうちに、新幹線は軽井沢に到着し、私は駅に降り立った。

最初に迎えてくれたのは瑞々《みずみず》しい風だった。深呼吸すると、森の匂いをたっぷり含んだ空気が胸の中にしっとりと染み込んできた。

新幹線で東京から一時間あまり。たったそれだけで、こんなにも空気が違うのかと驚いてしまう。

キャリーバッグを手に、駅の北口からタクシーに乗ると「今日は浅間山がきれいですよ」と、運転手に言われた。顔を向けると、フロントガラスいっぱいに山が広がっていた。

「すごい……。これが浅間山なんですか」

私は目を丸くした。

頂上付近からは白い煙が上がっている。噴煙だ。山が生きている証拠だった。その雄大で孤高な姿からしばらく目が離せなかった。

やがて、タクシーは中軽井沢の交差点を右折し、緩《ゆる》やかな道を登っていった。明日、姉の結婚式が教会で行われる。それで今夜は、隣接しているホテルで両親と姉と私、家族揃《そろ》ってゆっくり過ごす予定になっていた。

十五分ほどで、タクシーはホテルに到着した。木立の中に溶け込んだ気持ちのいいホテルだ。エントランスもロビーも広々としていて、品のいい色合いの花々があちこちに飾られている。

「美穂《みほ》、ここよ」

その声に顔を向けると、姉の奈津子《なつこ》がロビーのソファから立ち上がって近付いて来た。

「新幹線、混んでなかった？」

「大したことなかった」

見知らぬ土地で顔を合わすって、何だか少し照れ臭《くさ》い。

「おとうさんとおかあさんは？」

「もうすぐ着くはず」

両親は新潟に住んでいる。子供は姉と私のふたり。ふたりとも進学で上京した。姉は今、会社の寮で暮らしていて、私は小さなワンルームマンションに住んでいる。同じ東京でも、あまり顔を合わすことはなく、せいぜい月に一度ぐらい会って食事をする程度だ。

ふたりでロビーのソファに腰を下ろした。

「家族四人が集まるのって、お正月以来だね」

「そうそう、あの時、姉さんから結婚のこと聞かされたの」

そうだったね、と、姉は肩をすくめた。

「美穂があんなに驚くなんて、こっちがびっくりした」

「だって、本当に驚いたんだもの」

「そうかもね。まあ自分でも結婚するなんて思ってなかったから」

「ねえ、どうして？」

「何が？」

「どうして結婚しようと思ったの？」

「そうねえ……」

その時、エントランスに両親が現れた。

「ここよ」

さっきと同じように、姉がソファから立ち上がって手を振った。

いかにもよそゆきを着てきましたという母と、いかにも散髪をしてきましたという父がこちらに向かって歩いて来る。「いいところねぇ」と母は上機嫌で言い「無理したんじゃないのか」と、父は強がるように呟いた。やっぱり何だか私は照れ臭かった。

その夜、四人で食事をした。

家族でフレンチなんて初めてだ。まずはグラスシャンパンで乾杯し、それからワインに移った。普段焼酎好きの父は少し居心地が悪そうだが、それなりに格好をつけている。高原野菜を使ったサラダや、魚や肉料理、みんな新鮮で驚くほどおいしい。

「それにしても、どうしてまた、軽井沢の教会だったの?」

母が姉に尋ねた。その疑問は私も持っていたから聞きたいところだ。

「そうよね、東京にだって、素敵な教会がたくさんあるものね。私たちも、最初は東京の式場のパンフレットを取り寄せていたのよ。だけどなかなかこれっていうのがなくてね。そんな時に、彼のおかあさんが言ったの、軽井沢はどうって」

「へえ、でもどうして？」

「実はね、彼のご両親が結婚式を挙げたのが、ここなの」

「そうなんだ」

「それで何年かに一度、必ず夫婦でここを訪れるんですって。二十五年目の銀婚式にも、この教会を訪ねたらしい」

「羨ましい、仲のいいご両親なのねえ」

と、言って、母はちらりと父に目をやった。父は無言で肉を口に押し込んでいる。

「ここは、彼のご両親にとって、故郷と同じぐらい大切な場所なんだそうよ。私と彼にも、それぞれに故郷があるけれど、もうひとつ、夫婦として旅立つ故郷が持てるのもいいかなって。何かの節目に訪ねてみたくなるようなな。それって、ちょっと素敵でしょ」

「なるほどね」

母と私は納得した。

さっきから、父はあまり喋らない。決して機嫌を悪くしているわけではなくて、父は照れ臭い時や、ちょっと寂《さび》しい時、いつもこんなふうなのだ。そんな父が、デザートを食べ終えてから、ぽつりと言った。

「おまえも、あちらのご両親を見習って、仲良くな」

「はい」

その時だけは、姉も神妙な顔つきで頷いた。

食事を終え、部屋に向かった。今夜は姉と同室だ。明日のために、早めに入浴を済ませ、それぞれのベッドに入った。

窓の外には落葉松《からまつ》林が広がり、月明かりの中、シルエットがくっきりと浮かび上がっている。聞こえてくるのは、豊かな静けさだ。

その時、携帯電話がメール着信を知らせた。私の携帯だ。放ったままにしておくと、隣のベッドで寝ている姉が言った。

「いいの？」

「ごめん、起こしちゃった？」

私はシーツの中で首をすくめた。

「何だか眠れなくて」

「やっぱり緊張してるんだ」

「そりゃあ少しはね」

「いよいよ、明日だものね」

「それより、メール見なくていいの？　さっきから何度も届いてるんじゃない？」

恋人からだということはわかっていた。もう五通も届いていたが、私は返事を出さずにいた。彼は、私が怒っている理由がさっぱりわからないようで、そのことで私はもっと腹を立てていた。

「いいの」

言ってから、私は姉に顔を向けた。窓から差し込む月明かりが、姉の横顔を柔らかく縁取っている。

「ねえ、さっきの質問の続きをしてもいい？」

「何だったっけ？」

「どうして結婚しようと思ったのか」

「ああ、それ」

姉はしばらく沈黙した。

「だって最近じゃ、恋愛だけでいいって人もいっぱいいるじゃない。姉さんなんかやりがいのある仕事に就いて、収入だっていいし、誰かに頼る必要なんかないのに」

「うまく言葉にできないけど、なんだかんだ言っても、私はずっと守られて来たと思うのね。家族や友達に守ってもらい、会社という組織に守ってもらって来た。でも、彼と出会って、初めて、この人を守ってあげたいと思ったの」

「守る？　守られたいじゃなくて？」

「そう、私にとって大切な人、だから守ってあげたい。それで、やっとわかったの。彼を守るってことは、結局、私が彼に守られているんだって。人はね、守るべきものを持った時に本当に強くなれるんだと思う」

今度は私が黙る番だった。

正直言って、姉の言葉はすぐにはピンと来なかった。守ることが守られる？　それはいったいどういう意味なのだろう。

「美穂にも、きっと、わかる時がくるよ」

そう言って、姉は小さく笑った。


翌日は、快晴だった。どこまでも澄んだ空が、目に痛いくらいの青さで広がっていた。

家族で慌《あわ》ただしく朝食を終えると、姉は支度のために花嫁控《ひか》え室に向かった。

私はゆっくりと、今日のために選んだ淡いブルーのワンピースを着て、いつもより丁寧にお化粧をし、パールのピアスとネックレスをつけた。それから隣の両親の部屋に行った。留袖《とめそで》姿の母とフォーマルスーツ姿の父が、緊張気味に待っていた。

「そろそろ控え室に行かない？」

ままだ。

「そうね」と、母は言ったが、父は窓の外に目を向けた

「おとうさん、行こうよ」

私が呼ぶと、母は小さく首を振った。

「もう少し、待ってあげて」

「え？」

「もう少しだけ、ね」

私は父の横顔に目をやった。

子供の頃、父は娘しかいないことを時々嘆いた。釣りだって、キャッチボールだってできやしないと、残念がった。女の子だからってできないわけじゃないが、姉も私も興味がなかったのだから仕方ない。酔うと「どうせ、誰かのものになってしまうんだ、娘なんかつまらん」と愚痴ることもあった。仕方なく、姉と私がサービスで「誰のものにもならないよ、一生、おとうさんの娘だよ」と答えると、父は目を細めて嬉しそうに笑った。

今だってそう思っている。娘は一生娘だし、おとうさ

んは死ぬまでおとうさんだ。それは決して変わらない。

でも、父は今、寂しさと戦っている。姉の幸福を、心から喜ぶために、寂しさをここにみんな置いて行こうとしている。

しばらくして、父がゆっくりと振り返った。

「本当にいい日になったな」

そして、昔と同じように、父は目を細めて笑った。


控え室のドアを開けたとたん、純白のウェディングドレスを着た姉の姿が目に飛び込んで来た。

「きれい」

私は思わず声を上げた。

「きれい、きれい、本当にきれい」

まるで霧のような繊細なシフォンを使ったドレスは、姉にとてもよく似合っていた。

パンツスーツ姿で、仕事をバリバリやっている姉もかっこいい。それが姉そのものの姿だと思っていた。でも、こうしてウェディングドレス姿を見ると、私の知っている姉なんてほんの一部でしかなかったように思えてくる。きっと、姉の夫になる人は、私の知らない姉のこともたくさん知っているのだろう。

姉が椅子《いす》から立ち上がり、父へと近づいてゆくのが見えた。

「あ、じゃあ私、先に式場の方に行ってるね」

私は控え室を後にした。両親と、特に父と、姉だけにしてあげたかった。父は泣くところを私に見られたくないだろう。私だって見たくない。きっと、私も泣いてしまう。

教会は、木とガラスと聖霊とに包まれていた。

もう参列者は席に着いている。母が来て隣に座った。祭壇の前では新郎が待っている。

やがて、背後のドアが開き、姉が父と腕を組んで入って来た。流れる聖歌が教会の中に清らかに響き渡る。

ふたりはゆっくりバージンロードを歩いて来る。それから、姉の夫となる人に、父は姉を託した。父の目の縁が赤く滲《にじ》んでいた。

式は厳《おごそ》かに進められふたりは牧師に導かれて、誓いの言葉を口にし、指輪を交換し、そして口づけを交わした。

祭壇の奥のガラス窓には、揺れる木々が見え、その向こうに広がる空が、永遠を映し込むように広がっている。それに見守られての式は、結婚が、自然の中のひとつの営みであることを物語っているようだった。

気がつくと、涙がブルーのワンピースの胸元を濡《ぬ》らしていた。

私の中にあった厄介で頑《かたく》なな部分が、柔らかく溶かされていくようだった。それが何なのかよくわからなくても、私が今、とても大切なものを感じていることだけは確かだった。

やがて式は終わり、教会の前で幸せそうに参列者に挨拶している姉夫婦の姿を見ているうちに、ふと恋人の顔が頭に浮かんだ。

私と彼とは、もっともっと語り合わなければならないのだろう。時には、喧嘩《けんか》になることがあっても怠ってはいけないのだろう。そうやって、泣いたり、笑ったり、迷ったり、その繰り返しこそが互いを理解する唯一の方法に違いない。

今の私は、まだ結婚を素直に受け入れられない気持ちがある。

でもいつか、もしいつか、姉のように「この人を守りたい」と思う時が来たら――。

携帯のメールが鳴った。開くと、案の定、恋人からだった。

〈振り向いて〉

何のことかわからないまま、私は振り返った。

そこに、恋人が立っていた。驚いて、思わず目をしばたたいた。

恋人が近づいてきた。

「返信、ぜんぜんくれないから、直接来た」

「わざわざここまで？」

「取り返しのつかないことになりたくなかったから」

恋人はいつになく緊張しているようだった。

いつか、この人を守りたいと思う日が来たら——。

「そうね。私たち、まだまだいろんなことを話し合わなきゃね」

「うん」

恋人が頷く。

そう、その時が来たら、きっと——。

プラチナ・リング

代官山《だいかんやま》のショットバーのドアを開けると、どこか甘さを含んだ匂いが溢《あふ》れて来て、不意に身体《からだ》が締め付けられるような感覚に包まれた。

それは落胆にも悲しみにも、憎《にく》しみにも似ていて、沙恵子《さえこ》を戸惑わせた。

沙恵子は小さく首を振り、面倒な感覚を振り切るようにカウンター席に向かってゆく。

すぐに、すでに顔馴染《かおなじ》みになったバーテンダーが親しげな笑顔を向けた。

「いらっしゃいませ」

「こんばんは」

沙恵子も笑顔で答えてスツールに腰を下ろし、ほんの少し迷ってから、ミモザというシャンパンベースのカクテルをオーダーした。

無機質な雰囲気の店内は明かりが絞《しぼ》られ、コーナーにはイタリアのアンティークを思わせるランプが柔らかな光を放っている。奥にふたつのテーブル席。その片方にカップルが座っていて、まだ始まったばかりの恋を連想させるような楽しげな雰囲気が漂っていた。

「どうぞ」

ミモザが差し出された。

「ありがとう」

短く答えて口にした。ほどよい酸味が口の中に広がってゆく。

それから、沙恵子は自分の右手薬指に嵌《は》められたパールの指輪に目をやった。

半年前、二十八歳の誕生日に各務《かがみ》からプレゼントされたものだった。その前の年はダイヤが嵌め込まれたゴールドのファッションリングで、その前は凝《こ》ったデザインのシルバーだ。

今年こそ、と思う。今年こそプラチナだ。石も飾りもない平打《ひらう》ちのシンプルなプラチナ・リング。それも、この指ではなく左手の薬指。その日が来るのはもうすぐのはずだ。

各務は以前、沙恵子の上司だった。

仕事ができ、上からの信頼も厚く、それでいて同僚や部下から慕われていて、礼儀正しいが決して堅苦しさを感じさせない雰囲気があり、四十半ばというのに少しもくたびれた様子のない各務は、女子社員たちの評判もよく、時折、給湯室やロッカー室の話題となった。

入社した時から、沙恵子もそれなりの興味を持っていた。今まで知っている学生時代の男たちとはまったく違う大人の匂いがした。けれども、所詮はその程度のことだ。各務は結婚していた。かつて同僚だった妻と、小学生の娘がひとりいる。わざわざ手を焼くような関係に陥るほど、恋に困っているわけではなかった。実際、その頃には恋人と呼べる男もいた。

それでも始まってしまった。

それは沙恵子の思惑《おもわく》や意思というより、何か特別なものに身体ごと奪い去られてしまうような感覚だった。それが何なのかはよくわからない。わからないが、抗《あらが》うことができなかった。気がつくと、もう各務から目が離せなくなっている自分がいた。

各務は五分遅れでやって来た。

「ごめん、遅くなった」

そう言って左隣のスツールに腰を下ろす。

その瞬間、各務にいちばん近いところから、身体がしっとりと熱を含み始める。もう数えきれないくらいベッドに入り、恥ずかしいことなどみんなしてしまった男に、こんな思いを持ち続ける自分が不思議だった。それだけ各務が沙恵子にとって特別な男ということだ。

「大丈夫だったの？」

沙恵子は尋ねる。

「何が？」

「帰りぎわの電話、トラブルだったんでしょう」

「よく知ってるね」

「ちょっと聞いたの」

各務はシングルモルトの水割りをオーダーした。

「面倒なこと？」

「明日が契約という段になって、相手が無茶な条件を持ち出して来た。早い話、値を下げろということさ」

「どうするの？」

バーテンダーが差し出したグラスを各務は口にする。それからゆっくりと顔を向け、自信に満ちた表情を浮かべた。

「何も心配することはない」

ああこれだ、と沙恵子は思う。

あの時もそうだった。あの時も、ミスをしてすっかり色を失った沙恵子を振り向き、各務はそう言ったのだ。

「何も心配することはない」

その言葉を聞いたとたん、不安は呆気《あっけ》ないくらい拭《ぬぐ》い去られていた。取引先への納入日を間違えた時だ。この人に任せておけばすべてがうまくゆく。そんな安堵《あんど》が、沙恵子を満たしていた。

惹《ひ》かれるというのは、自分の中の螺子《ねじ》がひとつずつ抜き取られてゆくことに似ている。あの時から、恐れと恍惚《こうこつ》に揺れながら、沙恵子は各務に傾いてゆく自分を呆気にとられる思いで眺めていた。各務を目で追い、各務の声に耳をそばだて、そうして気がつくと、もう後戻りできなくなっていた。

部内の飲み会の帰り、たまたまタクシーにふたりで乗り合わせることになった。

言葉にしてはいけない。わざわざ人生をやっかいにする必要はない。そんなことはわかっていた。わかっているくらいはもう大人になっていた。けれども抑えきれなかった。グラスから溢れる最後の一滴のように、沙恵子はそれを口にしていた。

「あなたが好きです」

各務は顔を向け、一瞬表情を止めたが、すぐに緩やかに上司の顔に戻って言った。

「相当飲んだみたいだね」

「確かに飲みました。でも、自分が何を言っているかわからないほど、酔っているわけではありません」

「年上をからかっちゃいけないよ」

「子供扱いするのはやめてください」

はぐらかされるのは、拒否されるより屈辱だった。抗議する声が震えた。

各務は困惑したように笑い、シートに深くもたれかかって目を閉じた。明らかに拒否の姿勢だった。

実際、車が沙恵子の自宅に着くまで一言も口をきかず、到着すると「お疲れさま」と事務的に言い、あっさりと車を発進させた。

それでも、その日を境にふたりの間に何か特別なもの、強いて言えば共犯者めいた意識が生まれたのは確かだと思う。

時折、沙恵子は各務の視線を感じた。顔を向けても、各務と目が合うことはない。決してない。けれどもその不自然さが、逆に各務の意識を思った。各務は沙恵子の動きを摑《つか》んでいる。でなければ、あれほど無視できるわけがない。

もしかしたら――。

その思いが沙恵子を惑わせた。焦《じ》れったさにオフィスで何度も小さく息を吐き出している自分に気付き、その度、傷つかなければならなかった。

そんな時、各務が会社の花形部署である管理部に栄転となった。管理部は同じ建物にあるが、フロアは四階で、六階の沙恵子の部署と離れてしまう。今までのように毎日顔を合わせることができなくなる。

会えない。

その思いが沙恵子を追い詰めた。

会いたい。

その思いを持て余してゆく。

ひとりでエレベーターに向かう各務を見た瞬間、沙恵子は後を追っていた。こんな曖昧な状況を受け入れている自分に腹を立てていた。それなら各務にもっとはっきりとした形で拒否される方が百万倍も楽だった。

「お願いがあります」

飛び込んできた沙恵子に、各務は驚いたように顔を向けた。

「どうした」

「今夜、会ってもらえませんか」

一瞬、眉《まゆ》を顰《ひそ》める。

「何かあったのか」

「何かなければ、会ってもらえませんか」

「何もないなら、会う必要はないだろう」

「会いたい、それだけです」

沙恵子は必死だった。

各務が顔を上げ、階数を示すデジタル表示に目をやった。

「君はまだ若い」

堅い声がする。

「わざわざ面倒なことに足を突っ込むことはない」

「何度もそう思いました。でも、たぶん、もう手遅れです」

各務は顔を向けなかった。その表情を沙恵子は探った。困惑ではなかった。むしろ、恐れるような、怯《おび》えるような色を滲《にじ》ませていた。そんな各務を見るのは初めてだった。仕事でどんなトラブルに見舞われても、各務は決してそんな顔はしない。

エレベーターが止まる寸前、各務はまるで紙に書かれたセリフを棒読みするようなぎこちなさで、短く、時間と場所を口にした。

「じゃあ、その時に」

そしてその夜、ふたりは本当の共犯者になった。

沙恵子と各務は会うとさまざまな話をする。

けれど、どんな話をしていても、胸の隅に固い痼《しこ》りのようなものがある。

妻に離婚の話を切り出した、と各務が言ってから一年が過ぎようとしていた。今はどうなっているのか、あれから話し合いは進展しているのか、気にならないはずがない。

けれども、その話を持ち出して楽しい気分のまま別れたことは一度もなかった。何をどう話そうとも、結局、苦い後悔と、もしかしたらこれで終わってしまうかもしれないという恐れを抱きながら、それぞれの家に帰ることになる。

だから、沙恵子は自分からその話に触れないでおこうと誓っている。だいいち、そのことばかりを口にするのは、結婚のことしか考えていない計算高い女のように思われそうな気がする。もし各務にそんなふうに思われたら、と想像するだけで身震いしてしまう。

けれども、本音のところではやはりその話が聞きたくてたまらないのだった。

どうなってるの？　奥さんは何と言ってるの？　約束のプラチナのリングはいったいいつになったら嵌められるの？

そうして、何も言わない各務に対してだんだん意地の悪い気持ちになってゆく。沙恵子が話をしないのは思いやりだが、各務がしないのははぐらかしているように思える。だから各務の口からそれを言わせるために、沙恵子はさまざまな策を練り始める。

「昨日ね、矢野《やの》さんから誘われたの」

「矢野？　二課の矢野か？」

「そう、週末に一緒に映画でもどうかって」

「ふうん」

言ったきり各務は黙る。その反応が沙恵子をいっそう残酷にする。

「行ってもいい？」

「僕に聞かれても困る。君が自分で決めることだろう」

「だったら行ってみようかな。どうせ週末はあなたと会えるわけじゃないし、いつものように何の予定もないんだもの」

精一杯の皮肉を込める。

「そうしたいなら、そうすればいい」

いくらか苛々《いらいら》した口調で各務が返す。

「でも、ただのデートとはちょっと違うのよ。まじめな気持ちで誘ってるんだって、矢野さん言ってた。それでも行っていいって、あなたは言うの？」

本当は、そこまで言われているわけではなかった。若くてまだ自尊心をさほど傷つけられたことのない男が、少し気にかかる女を気楽に誘ってみただけだ。

各務は黙った。その沈黙がひりひりと沙恵子を高揚させる。もっと各務を焦らせたい。苛立《いらだ》たせ、狼狽《うろた》えさせたい。愛しているから傷つけたい。

「行こうか」

たまりかねたように各務が言い、バーテンダーにチェックの合図を送った。

早くそれを言ってくれたらよかったのだ。そうして、こんなことを口走る私の唇を塞《ふさ》いでくれたらいいのだ。

本当はドアから入ってくる各務を見ただけで、沙恵子はもうこの店を出たくなっていた。

飲むよりも、話をするよりも、早くふたりになって、着ているものをみんな脱ぎ捨てて、身体の窪《くぼ》んでいるところも突起しているところも各務の舌と吐息で埋《う》め尽くして欲しい。そうして、すべてのことがどうでもよくなってしまうあの一瞬に閉じ込めて欲しい。


こっそりと玄関の鍵を開けると、居間にはまだ明かりがついていた。

沙恵子は落胆しながら、居間のドアを開けるまでに、女から娘へと表情を切り替えた。

「ただいま」

顔を半分だけ覗《のぞ》かせると「遅かったわね」と、母が眉を顰めて振り返った。

「ちょっと友達と飲んでたの」

「お父さんに言われたわ、沙恵子はいつもこんなに遅いのかって」

「たまに自分が早く帰るとそれなんだから」

「あんまりうるさく言いたくないけど」

「お風呂、沸いてる？」

「色々言う人もいるんだから、あなたも気をつけなさいよ」

「気をつけるって何を？」

ドアにもたれたまま尋ねる。

「年ごろの娘が夜遊びばかりしてるなんて、ご近所で評判になるのはまっぴらよ」

「まだ十二時前よ」

こんな時、やはり家を出てマンションでも借りればよかったかもしれない、とつくづく思う。そうすれば、余計なことを詮索されたり、近所の目を気にする必要もない。各務とのホテル代も嵩《かさ》まずに済む。

けれども、沙恵子は敢《あ》えてそれをしなかった。各務も望みはしなかった。できないことはなかったが、目先の便利さに惑わされて、セックスだけが目的となるような関係にしたくなかった。それほど真剣な気持ちだということだ。

「とにかく、お父さんより早く帰るようにしなさい。お風呂、沸いてるから」

「おやすみ」

ドアを閉めようとすると、母が呼び止めた。

「沙恵子」

「なに？」

振り返らぬまま背中で聞く。母の小言はいつもすぐには終わらず、こんなふうに糸を引く。

「あなた、誰か付き合ってる人でもいるの？」

「いないわよ」

「もうそろそろあなたもいい年なんだから、先のこともちゃんと考えなくちゃ」

「わかってる、ちゃんと考えてる」

母の言葉を遮《さえぎ》って沙恵子はドアを閉めた。

娘はついさっきまで、裸で男と抱き合っていた。ベッドの中で口にできないようないやらしいことをたくさんして来た。もう、親が考えているような娘じゃない。ちゃんとオーガズムだって知っている。


昼休みが終わってデスクに戻り、最初に受けた電話は受付嬢からだった。

「ロビーに女性の方が面会にいらしています」

「私に？　どちら様でしょう」

「親戚の方だとおっしゃってるんですけど、ちょっとお名前は」

「わかりました。すぐ行きます」

怪訝《けげん》な思いで一階に下りた。会社まで訪ねて来る親戚など覚えはない。

一階に下りると、受付嬢に「あちらの方です」と教えられた。正面玄関の右手にあるロビーのソファに、女性の後ろ姿が見えた。背筋が伸び、玄関の大きなガラス窓から差し込む日差しを仰《あお》ぐように、顎《あご》をしゃんと上げていた。沙恵子は近付き、声を掛けた。

「お待たせしました」

女性が立ち上がり、ゆっくりと振り向いた。

瞬間、息を呑《の》んだ。そこにいるのは各務の妻だった。

各務には言ってないが、何度か各務の家の周りをうろついたことがある。理由は簡単だ。妻と子供を見てみたかったからだ。そして、実際に見た。各務が出張した土曜日の夕方、マンションからふたりが現われ、隣接している駐車場の「各務」と書かれたプレートの前の白いセダンに乗り込んだ。間違いなかった。買物にでも行くのだろうか。食事にでも出掛けるのだろうか。どうということはない妻と、どうということはない娘だった。娘は頰《ほほ》の辺りに各務の面影が窺《うかが》えていくらかの罪悪感を持ったが、妻には何も感じなかった。化粧気のない顔はくすんでいて、羽織ったカーディガンは袖口《そでぐち》が弛《ゆる》んでいた。中途半端に伸びたレイヤーカットがみすぼらしかった。この妻のために、どうして自分がこれほどまでに苦しまなければならないのかと、むしろ怒りの感情が湧いた。

「私のこと、ご存じのようね」

穏《おだ》やかな口調で各務の妻は言った。今日は化粧をし、淡いパープルのスーツを着ている。美しいとは言えなかったが、毅然《きぜん》とし、どこか自信に満ちている。

「いえ……」

沙恵子は床に視線を落とした。動転していて何を言えばいいのかわからなかった。

「あなた、各務と付き合っているんでしょう？」

受付嬢がこっちを見ている。俯《うつむ》いたままの自分が情けなかった。本当は「そうです」ときっぱり言ってやりたかった。けれども、それを口にできる立場ではないことも理性としてわかっていた。

各務を愛している。愛している各務と結婚したい。その当たり前の望みが、ただ妻子があるというだけで、罪にされてしまう。

「今更、隠すことはないのよ。離婚を切り出された時から女がいることはわかっていたわ。相手があなただって調べもちゃんとついてるの」

何て答えればいいのだろう。何て答えれば、各務の妻を納得させられるだろう。謝ればいいのか、受けて立てばいいのか。そして気がつく。納得などさせられるわけがない。

「知った時は、腹が立って仕方なかった。面倒な家のことはみんな私に押しつけといて、自分は一回り以上も若い女と浮気して、ましてや結婚したいなんて、そんな自分勝手が許されるものかって。だから絶対に離婚はしないと決心してたの」

沙恵子の身体が緊張で熱くなる。

「でもね、もういいの。もう私も疲れたわ。結婚したいんなら、すればいい。各務とは別れます。今更、あの人にしがみつくつもりはありませんから」

妻の左手薬指に指輪はなかった。そこだけうっすらと白さが残っていた。つまり、離婚すると言っているのだ。そのことに気付いて、沙恵子は思わず顔を上げた。

「本当ですか？」

「ええ、そのつもりよ。でもね」

各務の妻がねぶるような目を向けた。

「これで何もかもうまく行くと思ったら大間違いよ。あなたは私から夫を、娘から父親を奪ったの。それだけのことをしたのだから、それ相応の覚悟はしているでしょうね」

沙恵子はまっすぐに見つめ返した。

「わかっています」

「そう、それならいいの」

各務の妻は頬にわずかに笑みを浮かべ、ソファに置いてあったバッグに手を伸ばした。

「ここに来る前、あなたのお父さまの会社に寄ってお会いして来たわ。娘さんは私の夫と不倫して、家庭をめちゃめちゃにしましたってお話をして来ました」

小さな悲鳴に似た声が、沙恵子の喉の奥で上がった。

「私は間違ったことを言ったつもりはないわ。すべて本当のことだもの、言って当然でしょう？」

沙恵子は唇を噛《か》んだ。言い返す言葉を何も持ってはいなかった。

「じゃあ行くわ。今から、仲人《なこうど》をしてくれた常務に離婚の報告に行くの。もちろん、すべて話すつもりでいますから」

各務の妻がエレベーターホールに向かって歩いてゆく。沙恵子はしばらく立ち尽くしていた。身体がぐらぐら揺れて、まるで床に足が沈み込んでゆくようだった。

ようやくの思いでエレベーターに乗ると、四階のフロアから各務が乗り込んで来た。硬い表情で沙恵子をちらりと見て、八階を押す。役員室が並ぶ階だった。常務に呼ばれたのだ、とすぐにわかった。

各務はゆっくりと沙恵子を振り返り、頬にいくらか笑みを浮かべた。

「何も心配することはない」

いつもの自信に溢れたあの口調だった。

「ええ」

緊張が解けてゆく。もう大丈夫だ。各務にすべてを任せておけばみんなうまくゆく。今までずっとそうだったのだから。

各務を愛しているし、愛されていることも確信している。

けれども正直に言おう。どこかで疑う気持ちを持っていた。本当に各務は妻と子を捨てられるのだろうか。結婚にまでこぎつけられるのだろうか。こういった関係の多くが迎える、あまりにもありきたりな結末に自分たちも行き着いてしまうのではないか。けれども、これで決まった。私は間違ってはいなかった。各務を信じてよかった。各務を愛してよかった。

母には泣かれ、父には殴られた。

「そんな娘に育てた覚えはない。世間に顔向けができない。おまえは自分が何をしたかわかっているのか」

両親の言い分はもっともだった。愛なんか何の言い訳にもならなかった。沙恵子は一言も反論しなかった。自分にできることは、父と母の怒りと悲しみをすべて受けることだとわかっていた。

予想通り、ほんの数日で会社中に噂が広まっていた。受付嬢が喋《しゃべ》らない訳がなかった。遅かれ早かれ、知れ渡ることはわかっていた。ロッカー室や給湯室や洗面所で、同僚たちの好奇の目に晒《さら》されながら、沙恵子は平常を装った。

各務の離婚が成立したのは、それから三カ月が過ぎた頃だ。

自宅を妻と子供に渡し、各務は通勤に少し時間がかかる郊外の賃貸マンションに移った。それをきっかけに、沙恵子も家を出た。母は考え直すように泣いて引き止めたが、父は「放《ほう》っておけ」と突き放した。各務は何度も挨拶をしたいと沙恵子の家を訪れたが、両親は最後まで会おうとしなかった。

そのことを恨む気持ちなど到底ない。許さない、それが親としての最後の権利であり、許されないことが娘としての最後の役割だと思っていた。

会社は辞《や》めるしかなかった。各務の立場もあるが、噂話の格好の肴《さかな》にされることに沙恵子自身すっかり疲れ果てていた。一身上の都合、という理由で退職届を提出した。

いずれこうなることは各務と付き合うようになってから覚悟していた。仕事の代わりなど探せばいくらでもある。けれども各務はこの世にひとりしかいない。各務と天秤にかけられるものなど何があるだろう。

何をどう考えても思うのだ。好きな男と同じベッドの中で抱き合って朝まで眠り、共に食事をし、同じ空気を吸い、笑い、泣き、町中を寄り添って歩ける。それ以上の幸福がいったいどこにあるだろう。

それに較《くら》べたら、失ったものなど大したものではない。後悔などするはずもない。

ふたりで暮らし始めた最初の日、食事に出た。

以前は代官山や青山《あおやま》といったお洒落《しゃれ》な街の店ばかりに出掛けたが、今夜は近くの居酒屋だ。沙恵子がここにしようと言ったのだ。

「記念の食事だろう。もっといい店に行ったっていいんだ」

各務はいくらか不満げに言ったが、沙恵子は首を振った。

「ここがいいの。本当はあなたと一緒にこういう店に来たかったの」

嘘ではなかった。洒落た店などもううんざりだった。

各務との関係でどうしても埋められない不満を、そういった凝ったインテリアや恋愛ドラマもどきの雰囲気で埋めてきただけのことだ。もう必要ない。そんなものがなくても、十分に満たされている。

奥の座敷に座って、ビールで乾杯した。仕切りの向こうでは、中年のサラリーマンが会社の愚痴をこぼしあっていた。

「これを」

各務がポケットから小さな包みを取り出した。

「こんな所で何だけど、やっと約束が果たせた。沙恵子が欲しがっていたプラチナの指輪だ」

沙恵子はいくらか緊張して座り直した。各務は指輪を箱から出し、沙恵子の左手を取ると、薬指に嵌めた。

その動作を沙恵子は黙って見つめていた。

欲しかったこの指輪を手にするまで四年かかった。その間には、もっと高価な指輪をプレゼントされたこともある。けれども、どんな値の張る指輪より、沙恵子には輝いて見えた。

一瞬、ひんやりとしたプラチナ・リングは、すぐに指と同じ熱を持ち、沙恵子の身体の一部になった。

思わず涙ぐんだ。

「嬉しい」

「待たせて悪かった」

「こうしていると、それも必要な時間だったんだって思える」

「もう何も心配することはない」

各務の言葉に沙恵子は頷《うなず》く。

「ええ、何も心配してない。きっとすべてがうまくいく」

幸せだった。

今はただ、その幸福だけを受けとめていようと思った。この5グラムあまりのプラチナ・リングが背負っているすべてのことは、今はまだ、考えないでおこう。

たとえば、各務が社の花形部署と言われる管理部から、先月末付けで子会社に出向になったことも。離婚の条件として、養育費を毎月八万円、子供が成人するまで払い続けてゆかなければならないことも。慰謝料として渡したマンションのローンがまだ十三年残っていて、その支払いもまた各務の肩にかかっているということも。そして沙恵子自身、各務の妻に訴えられ、就職して五年間で貯めた預金を慰謝料としてすべて渡して来たことも。

そんなことぐらい大したことではない。大丈夫、何とでもなる。きっと何とかなる。愛する各務と共に生きられることに較べれば、ささいなことではないか。

胸の中で、呪文のようにそれを繰り返す。

沙恵子は自分の左手薬指に嵌められたプラチナ・リングをなぞり、それからゆっくりと目の前に座る愛《いと》しい男に視線を滑らせた。

午前10時に空を見る

月曜日　『暁美《あけみ》』

七時半に夫を見送って、娘を九時半の登園バスに乗せると、ようやく朝の慌ただしさが一段落する。

家に戻って、暁美はリビングのソファに腰を下ろし、ハーブティーを口にした。

妻と母親という役割から解放され、自分に戻れる唯一の時間、午前十時。

夫は優しいし、娘は元気で素直に育ってくれている。そのことはとても嬉しく思っている。

なのに、今、窓の外に広がる空を見つめて、ため息をついている自分に気づく。

独身の頃、結婚したら毎日を優雅に過ごせると思っていた。

凝ったお料理に手作りのキルト。ベランダには花を絶やさず、週に二度はお稽古事をして、月に一度は娘を実家に預けて夫とデートをする――。

でも、現実はままならない。

毎日毎日、これでもか、というぐらいしなければならないことが待っている。

朝食の後片付けを終えたら、布団を干して、洗濯をして、掃除をする。今日はお風呂のカビ取りと、古新聞をまとめる作業が待っている。そうしているうちに、もう娘のお迎えの時間だ。一緒にスーパーで買い物をして、家に帰ればすぐに夕食の準備にかからなければならない。

幸福という名がついた手強《てごわ》い日常。

私が欲しかったのはこれ？

こんなことを考えてしまうのも、昨日、学生時代の同窓会に出席したせいだ。

会場となったレストランで、久しぶりに遥子《ようこ》と顔を合わせた。

遥子とは、独身の頃、とても仲よくしていた。ショッピングにも旅行にも、よく一緒に出掛けたものだ。

それなのに、最近は会えるチャンスがすっかりなくなってしまい、昨日を楽しみにしていた。

遥子は今もって独身で、ばりばり仕事をしている。まさにそのイメージ通り、颯爽《さっそう》として現れた。

その姿が眩《まぶ》しかった。

そして、少し、胸がざわざわした。

火曜日　『遥子』

遥子は毎日、朝八時には出社するようにしている。

始業一時間前だが、そうしないと仕事が片付かない。

注文書や納期変更、問い合わせのメールなどをひとつひとつ処理してゆく。面倒でも、これも自分の仕事である。

　これが一段落するのがだいたい午前十時。

　遥子はホッと息をつき、それからこっそりデスクを離れた。

　七階フロアの奥にコーヒーの自動販売機とスツールがある。ここでのひとときが、仕事から離れて自分を取り戻す貴重な時間となっている。

　もちろん仕事は大好きだ。残業もあるし、出張もあるし、時には休日出勤もあるけれど、自分で言うのも何だが、頑張っている。

　今日の午後も、全体ミーティングがあり、週末の売上報告と、次週の売上目標、納期の遅延、企画変更など、各部門の上司の前で報告しなければならない。

　仕事は充実感も達成感も与えてくれるし、やりがいもある。続けて来てよかったと思うし、これからも続けていこうと決めている。

　でも今、気がつくと、ため息をついている自分がいて、思わず首をすくめてしまう。

まるでコーヒーから立ち上る湯気のように、私の心を曇らすものは何？

わかっている。一昨日、同窓会で暁美と会ったせいだ。

仲のよかった暁美と久しぶりに会えるのを楽しみに出掛けたはずだった。

なのに、会った瞬間、気後《きおく》れのようなものを感じていた。

だって、暁美の笑顔があまりに幸せそうだったから。

私の知らない、私の持ちえない、とっておきのものを手にしている余裕の笑顔に見えたから。

紙コップのコーヒーに口をつけながら、遥子はぼんやりと窓の向こうに広がる空を眺めた。

水曜日『暁美』

「幸せそうね」

と、あの時、遥子に言われて、暁美は思わず苦笑した。

「おかげさまで」

そう言われるとやっぱり嬉しい。

「ファッションも、すっかり落ち着いちゃって。そのツインニット、よく似合ってる」

「そう？　ありがとう」

この日のために選んだものだけれど、ちょっとカジュアル過ぎたかもしれない。遥子の細身のジャケットに較《くら》べたら、いかにも主婦ってスタイルだ。

もしかしたら、皮肉が入ってる？

「こうして集まってみると、みんなほとんど結婚しちゃったのよね」

周りを眺めながら、遥子が呟く。

「でも結婚組は、独身組を羨んでいるんじゃないかな」

「そうかな」

「だって自由で自立していて、何でも自分で決められるんだもの。独身組にはオーラが出てる、遥子を筆頭に」

「あら、結婚組も幸せオーラが出まくりよ」

「仕事、楽しいんでしょうね」

遥子は大きく頷いた。

「うん、すごく楽しい。実はこの春からチームリーダーになったの。部下も出来て、責任は重くなったけど、その分、やりがいもあるし」

「へえ、すごいのね」

刺激のある毎日を過ごしている。

そんな遥子の話を聞いて、暁美は自分の変わらない日常と較べ、何だかいたたまれない気持ちになった。

「遥子は強いから。私なんかぜんぜん駄目。結局、夫に守ってもらえる主婦がいちばん似合ってる。ただね、子育ては楽しい。毎日いろんな発見があるの。子供って、本当に可愛い」

「ふうん」

遥子の笑顔に、ぎこちなさが加わったような気がした。

木曜日　『遥子』

久しぶりに会った暁美は主婦というより、セレブな奥さまという華やかさを漂わせていた。

優しいダンナ様と可愛い娘に囲まれて、さぞかし幸せな毎日を送っているのだろう、とたやすく想像できる。

独身だった頃、暁美とよく遊んだ。

恋のこと、仕事のこと、将来のことを、繰り返し語り合ったものだ。

お互いに正直に胸の内を語り、励まされたり励ましたり、時には、本気で喧嘩したこともある。

けれどもあの日、あの席に、あの頃の私たちはいなかった。いたのは、あの頃の私たちが知らない、私たちだった。

それは暁美が結婚していて、私が独身だから？

さも幸せそうな暁美に、私が嫉妬したから？

「仕事、楽しい？」と聞かれた時、思わず強がりを言っていた。「うん、すごく楽しい」。正直を言えば、月に一度は辞めたいと、真剣に落ち込むことがある。

「最近、いいエステティックサロンを見つけたの。今度、暁美に紹介しようか」

そう言ったのは、私の意地悪。

「海外旅行はもう飽きちゃって、最近は温泉巡りばかりしてるの。でも、国内の方が費用がかかるって変よね」

これは、私の虚栄心。

でなければ、暁美の守ってくれる夫にも、可愛い娘の存在にも、ペチャンコにされてしまいそうな気がしたから。

暁美が結婚してから、なかなか時間が合わなくて、いつの間にか疎遠になってしまった。だからこそ、会えなかった間にあった、あのこともこのことも聞いて欲しかった。そして、たくさん聞かせて欲しかった。

なのに私ったら、バカみたい――。

コーヒーを飲み干してから、少し迷い、やがて遥子はポケットから携帯電話を取り出した。

金曜日『二人』

暁美がハーブティーを飲み終えた時、携帯電話が鳴り出した。

ディスプレーには遥子の名前が出ている。ちょうど遥子のことを考えていたので、思わずどきりとした。

「もしもし」

「私、遥子」

「うん、この前は楽しかったね。久しぶりに会えて、いろいろお喋りできて」

「そのことなんだけど」

「どうかした？」

「あのね……謝ろうと思って」

「謝るって、何を？」

「私、仕事が楽しいなんて言ったけど、本当は強がっただけ。暁美があまり幸せそうだったから、つい、見栄を張っちゃったの。本当はいろいろあるの、ストレスもいっぱいたまってる」

「遥子……」

「その他にもたくさんいやなことを言ったよね。エステだとか温泉だとか、格好つけたことばかり」

暁美は思わず遥子の言葉を遮った。

「待って、謝るのは私の方」

「え？」

「私ね、必死に幸せそうに振舞ったの。でないと、仕事で輝いている遥子に勝ち目はないような気がして。だからつい、子供が可愛いなんて強調したの。馬鹿ね、何でそんなことしたのかな。さっきから、それを思い出して悔やんでたところ」

「暁美……」

「自分で決めた道なのに、別の道を選んだ人を見ると、不安になってしまう。私、本当にこれでよかったのかな

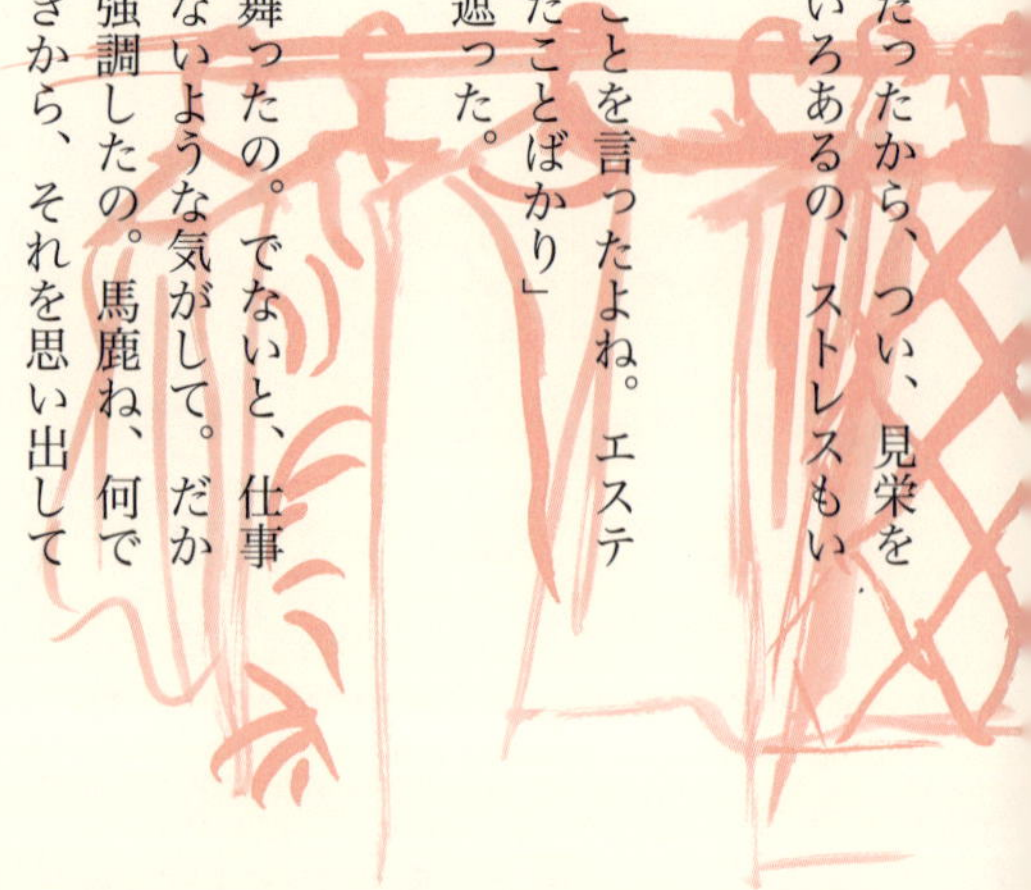

って」

「そうね、厄介ね、人生って」

それから、お互い小さく笑い合った。

「ねえ、今度、ゆっくり会わない？」

「いいね、私も会いたい」

「その時は見栄も強がりもなしで」

電話を切って、ふたりは同時に、窓に目を向けた。今、暁美の見ている空も、遥子の見ている空も、ひとつに繋がっている。

あの頃、二人が見ていた空のように。

彼女の躓《つまず》き

他人から見れば、たぶん、私と祥子《しょうこ》は仲のいい友人、いや親友にすら見えたと思う。同じ女子大に通っていた私たちは、実際、よく行動を共にした。講義の時はたいてい隣の席に座ったし、昼食やお茶も一緒だった。夜には電話でお喋《しゃべ》りをし、買い物にも、時には海外旅行にも出掛けた。

それでも、私たちの関係は、友情と呼ぶにふさわしいとは言えない。仲がよさそうに見えて、はっきりとした主従関係を伴っていた。もちろん祥子が主で、私が従だ。私も祥子も、決してそれを口にすることはなかったが、互いにそのことは認識していた。

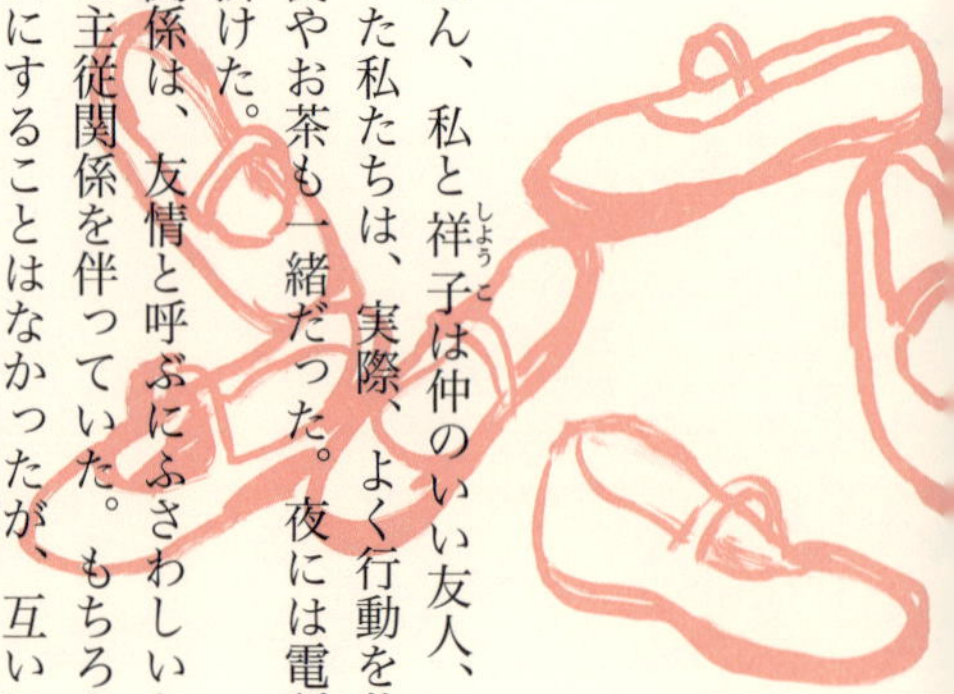

十八歳で初めて上京した私は、それなりに肩肘《ひじ》張っていたが、今思うと、笑ってしまうくらいウブな田舎者《いなかもの》だった。偏差値がそこそこで、お嬢様キャンパスと少々名の知れた大学は、学生の半分以上が都会の裕福な女の子たちだった。みな、お洒落《しゃれ》で会話が上手《うま》く、お化粧も堂に入っていて、男の子たちとの付き合い方にも慣れていた。

彼女たちはちゃんと大人で、田舎者の私を馬鹿にするような露骨な意地悪さは決してなく、時々、お茶やショッピングに誘ってくれた。けれども私自身、気後《きおく》れの方が先に立ち、たとえ一緒に出掛けてもなかなか打ち解《と》け合うことができなかった。

祥子も地方出身だったが、服装も話題も都会の女の子に引けを取るようなことはなかった。よく彼女らのお喋りに加わり、六本木《ろっぽんぎ》や青山《あおやま》でのコンパやパーティにも参加していた。祥子は目がびっくりするほど大きく、華《はな》やかな顔立ちをしていて、小さい頃からちやほやされてきただろうということは容易に想像がついた。学校にひとりかふたりいる、絶大な人気を誇るアイドル的女の子だ。

ただ、それはあくまで田舎に通用する絶大さであって、都会の女の子たちにとっては特別でもなんでもなかった。それに、こういっては何だが、彼女たちの中にいると、祥子のその大作りの顔立ちが妙に田舎臭《くさ》く見えるのだった。

私たちが親しくなったのは、ある意味、お互いの利害が一致したからだろう。祥子は、今までの自分の価値が通用しないことに苛立《いらだ》ち、優位に振舞える相手が欲しかったし、私は、都会の女の子と交流を持つためのワンクッションとなる存在が必要だった。

もちろん、百パーセントいつも一緒というわけではなく、時には別行動をとった。けれども、祥子が彼女たちと遊びに出掛けた後は、いつも「にこにこしてるけど信用ならない」とか「男の前だところっと態度を変える」などと悪口をたたいた。私がたまに、祥子の知らないところで楽しんだりすると、とたんに不機嫌になった。

祥子は時折、私をしげしげと見つめ、こんなことを言った。

「あなたみたいなタイプと友達になるなんて、前は考えられなかったな」

それは私も同じだったが、祥子のように口にするだけの勇気はなかった。その違いが、結局、主従を決めたということでもあった。


ベッドの中の昌也《まさや》は少し乱暴だ。

けれど、それが魅力とも言える。

昌也はとにかく力強く、男っぽい。最近ではめずらしい「俺に任せておけ」という男気《おとこぎ》を持っている。体格ががっちりしていて、顔立ちは精悍《せいかん》さに溢《あふ》れ、一目見た時から、私は彼に夢中になった。

大学を卒業し、六年がたった。私が勤めるのは中堅の建築会社で、仕事は楽しかったが、それとは別に、結婚のことも考える年齢になっていた。

昌也は設計部門に所属している一級建築士で、一年ほど前、うちの社に中途入社してきた。歳は三十二歳。彼が現れた時、女性社員たちはいっせいに色めき立ったものだ。

仕事の関係で言葉を交わすことはあったが、事務的な会話でしかなかった。だから昌也から食事に誘われた時は、夢のような気持ちになった。まさか、彼のような男が自分に興味を持ってくれるなんて考えてもいなかった。

異性に対してはオクテの方だと、今でも思う。かつての田舎臭さは抜けたし、お洒落や会話も人並み程度までは身につけたつもりだが、胸の底にはどうにも拭《ぬぐ》い切れない劣等感があった。

それはたぶん、学生時代に経験した失恋のせいだろう。

もう十年近くも前のことだが、あの喪失感と絶望感は、今も胸の底に澱《おり》のように残っている。

けれど、それもようやく払拭《ふっしょく》された。

私はもうあの頃の私じゃない。何しろ、女性社員たちの注目を集めるような男の心を捕えたのだから。

まだふたりの間だけでの話だが、私たちはすでに結婚の約束をしている。

「今度、温泉にでも行くか？」

セックスを終えた昌也が言った。私はその厚い胸にぴたりと頬《ほほ》を寄せ、はしゃいだ声で答えた。

「ほんと、嬉《うれ》しい」

「車を借りて、一泊二日で」

「いいわね、すてき」

「運転は任せていいだろ。俺、ビールを飲みたいからさ」

「もちろんよ。私、運転は好きだからぜんぜん平気」

「宿も探しといてくれよ」

「そうね、どういうところがいいかな。やっぱり露天風呂がなくちゃね。それと、お料理がおいしくて」

家に帰ったら、早速《さっそく》インターネットで調べてみよう。宿を予約して、レンタカーの手配をして、ロードマップを調べて……。今度はきっと昌也の気に入るところにしなければ。

昌也がかなりの面倒臭がりだということがわかったのは最近だ。仕事以外のことで煩《わずら》わされるのをとても嫌《いや》がり、特に、旅行に出る時など、何から何まで私が準備しないと決して腰を上げようとしない。それに思いがけず気難しいところがあることも、わかるようになっていた。

前に、ふたりで那須《なす》高原に出掛けた時、ロッジ側の接客が気に食わないと、旅行の間中、昌也は不機嫌なままだった。そんな昌也を見るのははじめてで、私はどうしていいかわからず、ただあたふたして昌也の機嫌を取るばかりだった。結局、昌也の機嫌は最後まで直らず、正直言って、帰って来た時はぐったりだった。

そんな話をすると、呆《あき》れてしまう友人もいる。

「私はごめんだな、そんな手のかかる男。放っておけばいいのよ、そんなことしたら男を増長させるだけ。だいたい、ご機嫌取りなんて、自分が卑屈《ひくつ》にならない？　恋人は主従関係じゃないんだから」

私は笑って首を振る。

「いいの、私がそうしたいんだから」

それぐらいのことをするのは当然だと思っていた。

昌也のような男は、逃《のが》したら最後、もう二度と現れない。私にとって、この世でいちばん大切な男だ。従属するくらい何でもない。相手は祥子とは違うのだ。


大学時代の失恋は、今となれば、よくある話と言えるだろう。

幼い恋だった。はじめて手をつなぎ、はじめてキスをし、はじめてセックスをした。世の中に、自分より愛《いと》しく思える存在があるということに気づいて、私は心から感動した。

夏休み、私は故郷に帰った。彼は東京でアルバイトを決めていて、一カ月近くも離れるのは寂《さび》しかったが、両親が私の帰省を心待ちにしているのはわかっていた。

田舎に帰っても、気はそぞろだった。何をしていても考えるのは彼のことで、電話ばかりを気にしていた。彼とは、夜勤のあるバイトのせいでなかなかうまく連絡が取れず、私は一日中、苛々していた。

結局、早く会いたい気持ちが募《つの》って、予定より三日も早く東京に戻った。彼を驚かせようと、アパートのドアを開けた時、狭いワンルームの奥にある、いつもふたりで愛し合っていたベッドから体を起こしたのは、彼と祥子だった。祥子は慌《あわ》ててシーツで顔を隠そうとしたが、本気で隠れようとしたわけではないことはすぐにわかった。あの時、祥子のあの大きな目は、確かに笑っていた。

どうして、彼を祥子に会わせたりしたのだろう。

それを、私はどれだけ後悔しただろう。

いいや、会わせるつもりなんかなかった。私が彼と付き合い始めたと知って、祥子が強引にデートにくっついて来たのだ。

考えてみれば、祥子はいつもそうだった。従の存在であるはずの私が、ちょっとでもいいものを持っていたり、ちょっとでも楽しいことがあったりすると、どうにも我慢できないのだ。

たとえば、私がアルバイトのお金で無理して買ったブランドのバッグを、散々趣味が悪いとけなしておいて、三日後には同じものを持って現れた。祥子がいない時に、たまたま他の友人たちと飲みに出掛けたりすると「引き立て役に利用されてるだけなのに」と嫌味《いやみ》を言った。

祥子は常に、従である私が、自分より劣り、自分より不遇でなければ気が済まないのだった。

「ごめん」

と、彼は言った。

「こんなつもりじゃなかったんだ……」

もし彼が「悪かった」と許しを請《こ》うなら、このことは忘れようと思った。どうせ、祥子に強引に言い寄られたのだ。男なら、つい過《あやま》ちをおかしてしまうということだってあるだろう。一度だけなら許してあげよう。彼を愛しているから、だから、忘れよう。

けれども、彼の口から続いて出てきた言葉は私の心を突き刺した。

「彼女と付き合いたい」

返す言葉もなかった。

祥子にどんなに嫌われても、会わすべきではなかった。祥子から、強い口調で「いいじゃない、友達なんだから」と言われても、きっぱり断ればよかった。それで祥子との付き合いが絶たれるなら、むしろその方がよかった。

けれど、どんなに悔《く》やんでももう手遅れだ。すぐにふたりは付き合い始め、私はひとり取り残された。

その痛手は、私に想像以上のダメージを与えることになった。

私は彼が好きだった。いや、愛していたと言っていい。まだ幼い愛かもしれないが、だからこそひたむきだった。

それを知っていながら、祥子はしゃあしゃあと彼を奪い取って行った。それが友達のすることだろうか。いいや、最初から友達なんかじゃなかった。祥子にとって、私は所《しょ》詮《せん》、従の存在でしかないのだ。

けれども、祥子とそれで付き合いが途絶えたかというと、実はそうではなかった。

「ごめんね、こんなことになって」

と、悪びれずに言う祥子に、私は肩をすくめてこう返した。

「しょうがないよ。祥子がライバルじゃ勝ち目はないもの」

私はそれをさらりと、まるで、恋のゲームに負けちゃったわ、みたいに言った。

こんなに傷ついている、心が張り裂けそうなくらい苦しさに苛《さいな》まれている、なんて素《そ》振《ぶ》りは決して見せなかった。実際には、毎日、食べられず、眠れず、泣いて暮らしていたが、そんな姿を見せないことが、私にとっての最後の自尊心のようなものだった。

結局、祥子は半年ほど彼と付き合って別れた。

それはちょうど、私が彼のことをようやく忘れられた頃と一致していた。

その件以来、私は男を信用できなくなったところがある。

誰と付き合っても、祥子がその気になればみんななびくに決まっている、そんな冷めた思いで見てしまうのだ。

大学を卒業して、私は建築会社に、祥子は外資系の証券会社に就職した。これで、もう付き合うことはないと思っていたが、月に一度か二度、祥子はいつもの調子で電話を掛けて来た。

「ねえ、仕事はどう？　最近、服とかバッグとか買った？　どこかに旅行した？　恋人は？」

祥子はいつまでたっても、私を従の存在として確保しておきたいのだった。

「仕事はハードで退屈なだけ。残業代もボーナスもカットで、新しいものなんか何も買えない。ましてや、旅行なんてぜんぜんよ。恋人？　周りにいるのは、くたびれたおじさんばかりで、私まで老《ふ》け込みそう」

そうして、私もまた、つい祥子の思いを満足させるようなことを口にしてしまう。

このままでは、私は一生、祥子に従属して生きてゆかねばならない。

祥子から電話が掛かるたび、そのことに身震いしそうになったが、だからと言って、どうすることもできないのだった。

昨夜、祥子は三週間ぶりに電話を掛けて来た。

「どう？　何かいいことある？」

「何にも。そんなこと、私にあるわけないじゃない」

当然だが、私は昌也のことを口にしたりはしなかった。

そんなことをすれば、祥子がどう出るか、わかっているからだ。

その時が来たら、私は颯爽《さっそう》と昌也を連れて祥子に見せ付けてやる。祥子はどんなに驚くだろう。どんなに悔《くや》しがり、地団駄《じだんだ》を踏むことだろう。

そう、その時が来たら。

私はその時を待っている。

いつものように、祥子は私の冴《さ》えない毎日を確認すると、満足したのか、付き合っている男ののろけ話をはじめた。

その男と、私も会ったことがある。祥子は以前から、たいていの恋人を私に会わせた。自慢したいのと、私がどう転んでも彼を横取りできるわけがないと見縊《みくび》っている証拠だった。

祥子の今の恋人、相田彬《あいだあきら》は、それまでとはまったく違ったタイプの男だった。

もともと祥子の好みはわかりやすい。誰が見ても「モテる」とわかり、当の本人も「俺はモテる」と自覚しているような男に惹《ひ》かれる。

けれども、彬はあまり女に興味がなさそうに見えた。多くを語らず、知的で思慮深く、性格的におっとりしている。出版社に勤めているそうだが、映画評論家としての肩書きも持っていて、いずれは独立する計画だそうだ。資産家の息子で、そのせいか、お金や物事に対してあくせくした感じがない。ある意味、浮世離れしたようなところがあるが、祥子に言わすと、そこが今までの男にはない魅力ということだった。

私は彼を見て、昌也と対極にある男だという印象を持った。

気まぐれな祥子のことだ、たまには違ったタイプとも付き合ってみたいのだろう。私はよく知っている。祥子は、本当は、昌也みたいな男がいちばん好きなのだ。

それから半年ほどして、祥子は電話でこんなことを言い出した。

「でね、私も来年は三十でしょう。そろそろかなって考えてるの」

「結婚するの？」

私は思わず聞き返した。

「そうよ。もう遊びにも飽《あ》きちゃったしね」

「もしかして、相手は相田さん？」

「そのつもり」

驚いた。彼はてっきり一時的な恋の相手とばかり思っていた。

「私もいろいろ考えたのよ。いろんな男と付き合って来たけれど、私みたいな女って、惚《ほ》れられるとうんざりしちゃうタイプなのね。一生付き合うなら、結局、彬みたいな淡々とした男がいちばんぴったりかもって」

「そう」

「それに、彼は近いうちに映画評論家として独立する予定なのね。そういう職業の妻っていうのも悪くないじゃない。芸能人なんかともお付き合いするようになるのよ。セレブの仲間入りよ。それに、彼はもともと資産家の息子でいずれ親の遺産も入ってくる予定だから、将来も安心だしね」

「おめでとう」

その言葉を口にする私の唇がぎこちなく震えている。

「ありがとう。あなたもいい人を早く見つけなさいよ。まあ、こう言っては何だけど、あなたってあんまり男運がよさそうじゃないから」

ついにその時が来たのだと思った。

祥子の鼻をあかす、その時が。

私は一度深く息を吸い込み、ゆっくりと口にした。

「実はね、私も結婚しようと思ってるんだ」

祥子の声が、一瞬、戸惑《とまど》った。

「あら、そうなの？」

「黙っていたんだけど、一年ほど前から付き合ってる人がいたの」

「へえ、そうだったの。言ってくれればよかったのに、水臭いわね。それで、相手ってどんな男？」

明らかに、声は興味と好奇に溢れている。

「普通の人よ、会社の同僚なの」

「そう」

「でも、私にはぴったりの相手だと思ってる」

「めずらしいわね、あなたがのろけるなんて」

「そんなわけじゃないけど」

「ねえ、会わせてよ」

祥子は言った。

そう来ることはわかっていた。もちろん、私はやんわり断った。

「ううん、とても祥子に会わせるような相手じゃない。相田さんに較《くら》べたら月とすっぽんだもの」

祥子は満足そうに付け加えた。

「いやね、そんなこと関係ないじゃない。その人と結婚するのは私じゃなくてあなたなんだから。そうだ、近いうちに四人で食事でもしましょうよ」

「そうね……」

「いいじゃない、おめでたいことなんだから」

「ええ、そうね。いいわ、わかったわ」

「じゃあ早速セッティングしてよ」

はしゃいだ祥子の声が、砂のようにざらざらした感触で耳に残った。


そして、あれから二年がたつ。

私は結婚したが、相手は昌也ではない。昌也は祥子と結婚した。

思った通りだった。会わせたとたん、祥子は彬を捨て、あっさり昌也を奪っていった。その素早さは、学生の頃、私から恋人を奪った時と同じだった。そうして、昌也もまた、あの時の彼と同じように、祥子に心を移した。

ただ、ひとつだけ、あの時とは違うことがある。

それは、私が少しも落胆していないということだ。

なぜなら、私は最初からそのつもりで、昌也を祥子に紹介したからである。

会わせれば、祥子は必ず昌也が欲しくなる。

そんなことぐらい、とうにわかっていた。

もし、本当に昌也を渡したくないなら、私はどんなことがあっても、ふたりを会わせるようなことはしなかっただろう。

昌也と付き合い始めた頃、私は夢のような日々を過ごした。幸せだったし、このまま結婚できたら、と真剣に考えていた。

けれども、半年もすると昌也の本性が見え始めた。男らしく精悍さに溢れる昌也は、一皮剝《む》けば、横暴で暴力的な男だった。那須高原に旅行に出掛けた時、ロッジの接客態度が気に食わないと不機嫌になったが、実はそれだけではなかった。ささいな口喧嘩《くちげんか》の末、私は昌也に殴られた。

あの時のショックをどう説明したらいいだろう。世の中に、本当に無抵抗の女を殴る男がいるという現実に、言葉を失った。

けれども、それだけで私は昌也を見切ったわけではなかった。よほど虫の居所が悪かったのだろうと、自分を納得させた。私はまだ昌也を愛していたし、信じていた。見た目もよく、人気の高い昌也を手放したくなかった。

ましてや、昌也が祥子のもっとも好きなタイプの男だということが、私から冷静さを奪い取っていた。昌也と結婚し、祥子に見せ付けてやりたい。その思いに、私は執着《しゅうちゃく》した。

殴られるのは、私が悪いからだ。気が利《き》かず、昌也を苛つかせるからだ。私が心を尽くせば、きっと出会った頃の昌也に戻ってくれる。私はただひたすら昌也に従った。昌也の機嫌をそこねないよう、殴られることのないよう、心を砕いた。

けれども、どれだけ従に徹しても、昌也の暴力は次第にエスカレートしていった。

昌也と結婚しても、自分の人生を犠牲にするだけだ、と、気づいたのは、こんな噂を耳にした時だ。

昌也は前の会社でも恋人を殴り、告訴されて会社に留《とど》まれなくなったという前歴の持ち主だった。女性の方は頬骨と肋骨《ろっこつ》を骨折し、二カ月にわたって入院したという。

それを聞いた時、さすがに体が震えた。祥子にどんなに自慢できるような恋人でも、一生を棒に振ることはできない。

けれども、別れを口にすると、昌也は激昂《げっこう》し、我を失ったかのように私を殴った。

「そんな勝手は許さない。おまえは黙って俺の言うことを聞いていればいいんだ」

三日間、会社を休まなければならないほど顔が腫《は》れ上がった。

私は恐怖と、自分の不運と、将来を嘆いて泣いた。

どうしよう、どうすればいい。

私も告訴に踏み切ろうか。けれど、そんなことをしたらもっと昌也を刺激することになる。今の昌也なら、暴力どころか、何をするかわからない。いっそ田舎に帰ろうか。いや、執念深く追って来たら、両親たちにまで迷惑がかかる。

悩み、迷い、考え抜いた。そして、その挙句《あげく》、私の頭にひとつのアイデアが浮かんだ。

昌也は、祥子に押し付けよう。

その考えは、素晴らしいことのように思えた。それができれば一石二鳥ではないか。祥子は必ず昌也に興味を持つ。昌也の方も、祥子に言い寄られればすぐに心を変えるだろう。そうすれば、私は面倒なく別れることができる。その上、今度は祥子が私と同じ目に遭《あ》わされる。私が何もしなくても、昌也が私の今までの鬱憤《うっぷん》を晴らしてくれるのだ。

そして、もうひとつ、そこに重なる思いがあった。

祥子に紹介された時から、私は彼女の恋人、相田彬に強く惹かれていた。知的で思慮深く物静かな彬は、私が昌也に壊され痛めつけられた心の中に緩《ゆる》やかに入り込んで来た。祥子の恋人である限り、手が届くはずがないことはわかっていた。けれど、祥子が彼を棄《す》てるなら、話は別だ。もともと、彬のような男は、祥子に合うわけがないのだ。

想像した通りだった。

祥子は昌也と会うと、瞬《また》く間に、彬から昌也に乗り換えた。その上、目前に三十歳を控《ひか》えていたせいもあり、半年足らずで、昌也と結婚してしまった。

それから一年後、私は彬と結婚した。

すべてのことは、怖いくらい、予定通りに運んだ。

「元気にしてる？」

電話の祥子の声には、険《けん》が含まれている。

連絡があったのは、祥子が昌也と結婚してからはじめてだ。

「まあまあかな」

答える私の声には、かつてのような卑屈さはない。もう、私は祥子に従属する存在ではない。

「まあまあってことは、幸せってこと？」

「どうかしら、幸せって難しい。これって形があるわけじゃないもの。祥子こそ、幸せなんでしょう」

「ええ、もちろん幸せよ」

祥子の言いたいことはわかっている。

そうと知っていたの？　それでいて私に彼を紹介したの？　最初からそのつもりだったの？　これは復讐なの？

でも、祥子が口にできるはずがない。

そんなことをしたら、負けを認めることになるからだ。ずっと、見下して来た従の存在の私から、スカを掴《つか》まされたなんて、主である祥子のプライドが許すはずがない。

「それで、彬は元気にしてる？」

「ええ、おかげさまで」

「映画評論家として独立したって聞いたけど、映画雑誌に名前が載《の》ってるのを見たことないわ」

「今、評論集を執筆中なの。それにかかりっきりだから、小さな仕事はみんな断っているの」

「ふうん」

「昌也さんは元気？」

「ええ、とっても。今、港区の再開発の仕事に取り掛かってるの。プロジェクトひとつを全面的に任されて、もう大変」

「昌也さん、仕事はできるから」

そう、仕事だけは。

皮肉はちゃんと通じただろうか。

電話をこれ以上続けても、話題なんて何もなかった。そのことを、お互いよく知っていた。最後はどうでもいいようなお天気の話をして、電話を切った。

受話器から手を放して、私は小さく息を吐き出した。

すべてが思い通りに運んだはずだった。祥子にあの暴力男の昌也を押し付け、私は好きだった祥子の恋人、彬と結婚することができたのだ。私はもう、誰にも従属する必要はない。

「誰だったの？」

彬の声に私は振り返った。

「祥子よ」

「ああ、彼女か」

「懐《なつ》かしい？」

「別に。それより」

彬は改めて顔を向けた。

「テレビをもっと高画質のに替えないか。これじゃ観られたもんじゃない」

私は黙った。

「古い映画を観たいんだ。特にヨーロッパのをね。画質が悪いと、微妙な雰囲気がわからないだろう」

新しいテレビなんて簡単に言うが、いったい誰がそのお金を払うと思っているのだ。

結婚してすぐ、彬は勤めていた出版社を辞めた。仕事を映画評論家一本に絞《しぼ》るためだ。その時、私は心から喜んだ。芸能人たちとのお付き合い、セレブの仲間入り。かつて耳にしたそんな言葉が頭の中を飛び回った。けれども、独立してもどこからも仕事の依頼はなかった。評論集を執筆すると本人は言っているが、まともに原稿に向かう姿も見たことはない。毎日、彬はただぶらぶらと無料の試写会をハシゴするばかりだった。資産家の息子というのも、何の役にも立たなかった。彬は三男坊で、とうに実家から勘当されていた。

早い話、今の彬は無職同然であり、すべての生活は私がパートを掛け持ちして支えていた。はっきり言えば、彬はただのヒモでしかなかった。

祥子は私に嘘をついていたのだ。そう、私が祥子にそうしたように。

あの時、私は祥子に勝ったと思った。長く私を見下し、従属させてきた祥子の鼻を、これであかすことができたのだとほくそ笑んだ。

「どうしてもテレビが欲しいんだよ」

彬はまるで駄々《だだ》っ子のように言う。

そんな彬の顔をぼんやり眺めながら、本当に、従から抜け出すことができたのだろうかと背中が冷たくなってゆく。

フォー・シーズン

『花残月』

鏡に映る自分の顔が、知らない誰かに見えてくる。

そこにいるのは誰？

横を向いたり、上目遣いをしたり、唇の両端をきゅっと上げたり、頬に手を添えたり。

私は、私が思う、いちばん私らしい顔を見つけだそうとする。けれど、そうするたび、いっそう知らない誰かに見えてくる。

若い頃、いつもバッグの中に小さな手鏡を持っていた。

ほんのささいな瞬間、たとえば女友達が苦しい恋の話をしながらふと窓の外に目を向けた時、もしくは恋人が

「ちょっとごめん」と席をはずした時、私は素早く鏡を覗き込み、自分の顔を確かめた。

そこにはいつもの私がいた。私が知る、私が認める、私の顔があった。

それなのに、近ごろ、私は鏡の中に私の顔を見つけることができないでいる。

これが私？

鏡の中の私と目を合わせるたび、いつも途方に暮れたような思いにかられてしまう。

過ごしてきた日々が、確実に表情に刻み込まれる年代がやってきた。嘘もごまかしもきかない。胸にひそめたものさえも、影絵のように映し出される。

それはつまり年ってこと？　もう若くないってこと？

確かにそれもあるかもしれない。でも、私はシミやシワを恥じ入りたくない。むしろ、自慢に思いたい。きっと、私は私に対して恥ずかしいのだ。鏡に映る私の姿に、鏡に映らない私がちゃんと追いついている自信が持てないのだ。

今日、久しぶりに親しい女友達と会った。

当然だが、彼女たちはもうクラブで朝まで踊り続けたり、一晩中好きな男の子の話で盛り上がる女の子とは違っていた。胸を張り、充実した生活を送る美しい大人の女性たちだった。

彼女たちの新しい恋の話や、仕事の話、家族の話。今いちばん気になっていること、夢中になってること。次から次へと湧き上がる話題を、甘やかな日差しの中、温かくて香りのあるお茶を飲みながら、たっぷり交わし合った。

その時はあんなに楽しかったのに、帰ってくると、どういうわけか少し傷ついたような気持ちになっていた。まるで、彼女たちから取り残されたような悲しさが滲んでいた。どうしてなのか、自分でもうまく説明がつかない。

鏡に向かって、今夜の私は何もしない。私はただそのままに、私を見つめている。

誰かを愛したこともあるし、誰かを憎んだこともある。笑った分だけ、涙もぬぐった。ひとりがたまらなく苦しかったことも、ふたりでいるのに孤独だったこともある。幸福だけにしがみついて生きて来たわけじゃない。

私はそうして私になって来た。

私は鏡に映る私に語りかける。

「あなたは誰？」

これは私。

自信を持ってそう答えられる私と出会うために、私はこれからも、鏡の中の私とまっすぐに見つめ合おうと思う。


『七夜月』


こんなところで会うなんて、思ってもみなかった。

夏の日差しを照り返すショーウィンドウの前。互いの視線は戸惑う気配を隠し切れずにいる。

「久しぶり、元気そうだね」

「あなたも」

変わらない、あなたの笑顔。

いいえ、少し変わった。あなたの前髪には、わずかに白いものが混ざっている。

きっと私もそう。髪も切ったし、口紅の色も違っている。目尻に広がるものも、あの頃にはなかった。

次に続く言葉を探しあぐねて、私は少し慌てている。何を言えばいいのだろう、何を聞けばいいのだろう。

いつかこんな日が来たら。

そのことを、想像しながら暮らした日々もあったのに。

「幸せそうだね」

あなたが、それを心から言うから、私はちょっと傷ついてしまう。

だから、嘘ではないのに、まるで嘘をついているような気持ちで答えてしまう。

「ええ、とても」

いつも温《ぬく》もりを伝えてくれたあなたの手。その左の薬指には銀色の指輪が光っている。

話すことは何もない。きっと、私たちは不幸でない時に出会えたことを、感謝しなくてはならないのだろう。

「じゃあ、元気で」

「さよなら」

私たちは背を向けて歩き出した。そうして、ふと私は足を止めた。

振り向いたら負けと思っていた。そんな愛し方しか知らなくて、愛と同じ分だけ、互いを傷つけあっていた。あの眩しくて、怖いものなど何もなかった、若く残酷な日々。

私はゆっくり振り向いた。思いがけず、そこに振り返っている彼がいた。

もし、あの時、こんなふうに寄り添う気持ちがあったら……

そんな思いが、初夏の陽光に照らし出されている。

けれど、私もあなたも知っている。もし、から始まる人生なんて、どこにも存在しないということを。

それなのに、あなたは近づいてくる。

それなのに、私は立ち去れないでいる。

ただ眩暈《めまい》のように、夏の日差しが、立ち竦《すく》む私とあなたに降り注いでいる。


『雪待月』


夜になって急に冷え込み、気がつくと、雪が舞い始めていた。

窓からこぼれる灯りを受けて、雪は白く結晶をきらめかせている。

私は窓際に立ったまま、その様子を眺めている。

過去がどうしようもなく近付いてくる、そんな一瞬があるとしたら、きっとこんな夜だ。

いつもはすっかり所在を忘れている記憶が、雪明かりに映し出されるように、鮮やかに心の隙間から顔を覗かせる。

たとえそれが、どんなに唇を噛み締めた恋であっても――。たとえそれが、私を邪険に扱い、私を孤独に追い詰め、誰かを愛することがあんなに息苦しいものだと知らしめた人であっても――。

悔しいことに、思い出したくないことと、忘れられないことは、しばしば一致して人の心をつまずかせる。

「どうしたの？」

その声に、ゆっくりと私は振り返った。

「初雪よ、きれい」

「どうりで冷え込むと思った。そんなところにいると、風邪をひくよ」

「そうね」

雪をきれいと思うより、寒いと感じる人と、今、私は暮らしている。

私は窓から離れ、夫の体温で心地よく温められたベッドの中に身体を滑り込ませた。

このぬくもりを、たぶん、人は幸福と呼ぶのだろう。

窓から見る雪は美しく、私を惑わせる。それに魅せられて、思わず裸足でテラスに飛び出せば、やがて指は強ばり、唇は紫に変わり、心まで凍えきってしまうだろう。

かつての恋は窓を通して見る雪のようなもの。

そのことを、本当はもうちゃんと知っている自分に、少し悲しくなる。

窓の向こうに、雪はまだ降り続いている。


『麗月』


見上げると、空が澄んでいた。

息を吸うと胸が少し痛くなるのは、冷たい冬の空気のせいばかりでないと、とうに私はわかっている。

ここは、高原のコテージ。

暖炉の中で薪《まき》がはぜ、窓の外には、木々のシルエットが、まるで今の私の想いを見透かすかのように、木枯らしに揺れている。

ドアの向こうから、もうすぐあなたが現れる。少し戸惑いながら、照れながら、そして、気がついた時にはもう、私はあなたに抱きすくめられている。

眠りにつく仔犬のように、私たちはいつも、互いの体温を同じにしなければ、交わしあう言葉すらも見つけることができない。

いつからか、あなたとの逢瀬《おうせ》が重なっていた。私に、こんな時間が訪れるなんて想像もしていなかった。ささやかな再会が、時には、人生の奥深くまでかかわりあう不思議を私は考えてしまう。

あの夏の日、あなたと会った時、私は自分の心の奥にある、もうなくしたとばかり思っていた柔らかな部分が、甘く溶け出すのを感じた。

私を、こんな思いで満たしてしまうのはあなたしかいない。永遠を誓った夫でも、いとおしい子供たちでも、気心の知れた女友達でも、私をいつまでも心配してくれる両親でもなく、あなただけだ。

秘密の恋は、決して知られないよう、誰かを傷つけないよう、薄氷を踏むように、心許《こころもと》なく、不安とおののきとに満ちている。それでも、私はあなたと逢《あ》うのをやめることができない。

罪深さを知っていても、あなたは、日常という手強《てごわ》い檻《おり》の中から私を解放してくれるから。だから、後ろめたさに背を向けて、私はあなたに会いに来る。

けれど、私は知っている。あなたと過ごす時間もまた、檻の中でしかないということを。ここがどんなに甘美《かんび》であろうと、私たちには帰らねばならない場所がある。

ドアが開く。あなたが現れる。あなたの手。あなたの髪。あなたの匂い。そして、私は考えるのをやめてしまう。

暖炉の中で揺らいでいた炎が、いつの間にか崩れ落ち、もの悲しさに沈んでいるのも気づかぬままに、私はあなたとひとつになる。

『早苗月』


庭に、春の日差しがパウダーのように降り注いでいる。透き通るような鳥のさえずりがこまかく空気を震わせ、それに混じって子供たちのはしゃぎ声が、寄せては引くさざ波のように耳元に届く。

私はひとり、古びた母の鏡台の前で、ぼんやり自分の顔を眺めている。

母に内緒で、こっそり口紅をさした幼い日。はやく大人になりたくて、それでいて、今が永遠に続くことを祈っていた。

たぶんその頃にはもう、そう遠くないいつか、幼さという幸福な魔法がとけてしまうことを私は無意識のうちに知っていたのだろう。

あれはいつだったか、ここで涙ぐむ母を見たことがあった。庭先から不安な思いで母の背を見つめたのも、確かこんな春の日だった。

あの時、母はきっと、何かに迷い、何かを選んだのだ。そのことが今ならわかる。私自身、ここかしこに母の面影を漂わすようになった今だからこそ――

「ママ！」

庭先に靴を放り出して、子供たちが背中に抱きついてきた。

都会育ちの子供たちにとって、私の実家がある田舎は心躍る冒険の場所。空は澄み、木々の息遣いはあまりにも力強い。

汗で湿った小さな体が、私の背にぴたりとはりつき、私はその甘やかな重みを受け止めた。

「どうしたの？」

「何だか、ママ、こわい顔してた」

私を見て、子供たちが言った。

「そうだった？　ごめんね、何でもないの」

私は子供たちを抱き締める。

「もう少ししたら、パパが来るから」

「じゃあ、今夜はバーベキューだね」

「ええ、そうね」

あの時の母は、きっと今の私。

本当の大人になるには、いつだって何かに迷い、何かを選ばなくてはならない。

これでいいのね？

亡き母に問う。

「ただいま」

玄関先から夫の声がした。

婚前

♀

結婚式まであと一カ月を切った。

亜季子《あきこ》は感慨深い気持ちで、タクシーのシートに身を沈め、短く息を吐き出した。

「疲れた？」

隣に座る久雄《ひさお》が顔を向ける。

「ううん、大丈夫」

久雄は優しい。

出会って一年、婚約したのは半年前だ。少し早いかもしれないが、結婚を意識した三十三歳の女と三十六歳の男であれば、当然の成り行きとも言えるだろう。二カ月前から、新居となるマンションにふたりで暮らし始めている。セックスの相性も悪くない。生活のリズムもそう食い違うこともない。人柄も、条件的にも、自分にはぴったりの相手だった。

三十三歳まで待っていてよかった、と亜季子はつくづく思う。もう結婚なんてできないかもしれない、と、諦《あきら》めかけたこともあったが、神様は見放したりはしなかった。

一週間前には披露宴の招待状を発送した。式は青山の教会、披露宴はその近くのフレンチレストランで行われる。ウェディングドレスも決めた。新婚旅行はパリに十日間の予定となっている。

パリにしたのは、友人の礼美《れみ》が散々自慢したからだ。同い年の彼女は二年前に結婚したのだが、新婚旅行がパリで「街並みといい、食事といい、ショッピングといい、あの街は完璧《かんぺき》よ」とうっとりと言われ、正直を言うと、それに対抗する気持ちがあった。礼美は八日間だったが、亜季子は十日だ。ホテルもワンランク上にした。結婚は二年先を越された。これで遅れをみんな取り返せる。

今日は久雄とふたり、引き出物を探しにデパートに出掛けた。ワイングラスかフォトスタンドか和皿セット、そのどれかに絞ったのだが、まだ決定していない。センスよく、日常で使われるもの、と考えると、結構選択は難しい。

マンション前でタクシーを降り、エントランスに入った。611号室の郵便受けのプレートに坂口《さかぐち》という久雄の苗字があり、その隣のカッコの中に、亜季子の井上《いのうえ》という名前が記されている。ひと月したらこのカッコもなくなるのね、という思いが、また亜季子を感慨深くする。

郵便受けの蓋《ふた》を開けると、茶封筒が入っていた。分厚く、単行本ほどの大きさだが、手に取ると意外と軽い。封筒には宛先も差出人の名もなかった。

「何だい、それ」

久雄が目を向けた。

封筒を斜めにすると、手の中にビデオテープが滑り落ちてきた。

亜季子は手にしたまま、久雄を見上げた。

「あなたの？」

「いいや」

久雄が困惑したように首を振る。

テープにはラベルも貼られていなかった。

「何かしら」

言いながら、亜季子は少しずつ胸の動悸《どうき》が速まってゆくのを感じた。

ビデオを手にしたまま、ふたりでエレベーターに向かって歩いてゆく。

いつか手の中は湿っていた。今、自分が持っているものが、とてつもなく悪意に満ちたもののように思えてきた。

エレベーターのドアが開き、ふたりで乗り込む。

宛名も差出人の名もない封筒。中に入ったラベルのないビデオテープ。

いったいこの中に何が映っているのだろう。

想像し始めると、不安はますます色濃くなってゆく。

エレベーターのドアの上で点滅する数字を眺めながら、亜季子の頭には、いつかひとりの男の姿が浮かんでいた。


浩《ひろし》は、久雄と出会う前に付き合っていた男だ。

出会いは新宿の飲み屋だった。フリーの雑誌記者をしているという浩は、亜季子の知らない匂いがした。

「世界中を回って記事にするんだ。戦争や、飢餓や、自然破壊なんかをね」

危うげで、ある意味どこか投げやりにも感じられる浩の在り方は、会社員として退屈な毎日を暮らしていた亜季子にとって、とてつもない魅力に感じられた。瞬く間に恋におちた。

実際、浩との付き合いは刺激的だった。

仕事の時間が不規則な浩は、真夜中だろうが明け方だろうが、お構いなしに亜季子の部屋のドアをノックした。日中、亜季子が会社で仕事をしている時「ちょっと出て来いよ」と呼び出し、ラブホテルで慌ただしくセックスしたこともある。時には、会社の地下駐車場に乗りつけた浩の車の中で交わったこともある。そんな中で、ふざけて、行為をビデオに録画した時もあったことを思い出していた。

しかし、あれはすぐに消したはずだ。たまたま亜季子が好きだったドラマがあって、その上に重ね録画したことを覚えている。

けれど、もし、完全に消されていなかったら……それがこのビデオの中に映っているとしたら……。

別れはあまりきれいとは言えなかった。浩のことは好きだったが、結婚相手として考えられるような男ではなかった。将来に展望はなく、ちょうど久雄と出会ったこともあり、亜季子は強引に別れを切り出したのだ。あの時、浩はまだ未練を持っていた。何度か待ち伏せされたこともある。もしかしたら、その嫌がらせをするつもりかもしれない。

でも引っ越して来たこのマンションの住所は知らないはずだ。前の部屋の郵便物は転送されるよう手続きをしてあるが、今まで一度も浩から何か送られて来たというようなことはない。ここにビデオを届けるなど、浩にできるはずがない。

あ……。

亜季子は胸の中で小さく声を上げた。

披露宴の招待状だ。住所はここになっている。もちろん、浩にそんなものを送るはずがないが、招待客の中には、浩と顔見知りの友人もいる。美咲《みさき》がそうだ。もし、浩がどこかで美咲と偶然に顔を合わせたとしたら。うまく丸め込んで住所を聞き出したとしたら。それでビデオを郵便受けに入れたとしたら……。

亜季子の指先が冷たくなった。

そうだったらどうしよう。

そんなビデオを久雄が観たら、この結婚はおじゃんだ。せっかく摑《つか》んだ幸せだ。絶対手放したくない。

どうしよう、どうしたらいい。

やがてエレベーターは亜季子たちの部屋がある六階で停止し、ドアがゆっくりと開いた。

♂

部屋に続く外廊下を歩きながら、久雄は落ち着きをすっかり失っていた。

亜季子が手にしているビデオが気になってならなかった。

茶封筒に入れられたラベルのないビデオテープ。そこに何が映っているのか、想像し始めると身が竦《すく》みそうになった。

すぐに頭に浮かんだのは、秋本《あきもと》の女房だった。先日、祝い品が届いた。

『ご結婚おめでとうございます。おふたりのお幸せを心からお祈りいたします』

そんなありきたりのカードが添えてあったが、三年前のことを彼女はまだ忘れていないのかもしれない。

三年前、秋本と女房は離婚の危機にあった。秋本は会社の同僚で、入社当時から親しく付き合ってきた。秋本が結婚してからもちょくちょく家に招かれ、そのせいもあって、女房から相談を持ち掛けられた。

秋本はその頃、重要なプロジェクトのメンバーに抜擢《ばってき》され、ほとんど会社に泊まり込むような毎日だった。会議だ、現場だと、忙しく走り回っている秋本に大きく差をつけられたような気がして、久雄はどこかでくさっていた。

久しぶりに、秋本から食事に招待されて家を訪ねると、女房はひとりで待っていた。

「すみません、さっき会社から電話があって、秋本ったら、出掛けちゃって」

残念というより、悔しさの方が強かった。

「そうですか、じゃあまた今度ということで」

秋本のいない家に上がり込むわけにはいかない。

「いいえ、そんなこと言わずにどうぞ」

秋本の女房は言った。

「いや、でも」

「話を聞いてもらいたいんです。それに、秋本も八時頃には帰って来ると言ってますから」

「……そうですか。じゃお言葉に甘えて」

ふたりで向かい合って肴《さかな》をつまみながら酒を呑《の》んだ。女房は秋本への愚痴と不満をぽつぽつこぼした。

二時間ほどして、秋本から電話が入った。女房は電話を切ってから困ったような笑顔を向けた。

「ちょっとトラブルがあったらしくて、今夜は泊まりになるんですって。こうなるんじゃないかって、どこかで予想してたの。いつものことだから。あの人は仕事だけあればいいの、そういう人なの」

それをきっかけに帰ればよかったのかもしれない。その決断を下す前に、女房はサイドボードの中からウイスキーの壜《びん》を取り出した。

「秋本は仕事ができるからね」

久雄は慰めともつかないセリフを口にした。

「でも、夫としてはどうかしら」

秋本の女房は、酒を傾けながらため息混じりに呟《つぶや》く。

呑むほどに、女房はしどけなくなり、久雄はタガがはずれていった。

「セックスなんて、もうぜんぜん。いつも疲れたってそればっかり。でも、いいの。あの人、そんなに上手《うま》くないし」

そう言って、秋本の女房はおもねるような目を向けた。

久雄の秋本に対する嫉妬《しっと》のはけ口が、それで決まったも同然だった。

秋本と女房が使うベッドで、久雄は女房と交わった。罪悪感など爪の先ほどもなかった。秋本の女房は、よほど欲求がたまっていたのだろう、久雄がたじろぐほどの大胆さだった。

一回きりの情事のつもりが、それから半年余りも続いた。ラブホテルや久雄の部屋でも会ったが、秋本の家もよく使った。ベッドだけでなく、ソファの上でもキッチンの前でも階段でもセックスをした。秋本の家中に自分の精液を染み込ませたかった。

「秋本と離婚したら、あなた、私と結婚してくれる？」

と、言われて、ようやく目が覚めた。

それから逃げの一手に転じた。何度も電話をよこし、直接アパートに押し掛けられたこともあったが、忙しいを連発したり、居留守を使っているうちに、何とか収束していった。

それでも、最後の言葉をよく覚えている。

「女はね、感謝は忘れても、恨みは一生忘れないのよ」

自分の別れ方が、女の自尊心を傷つけるものだとわかっていたが、その時は、面倒から遠ざかりたい一心だった。

もちろん、ふたりの行為をビデオで撮った覚えはない。しかし、何らかの作為を持って、秋本の女房が隠し撮りをしたと考えられないこともない。秋本の女房は、本気で久雄との結婚を考えていた。

いや、いくら何でもそんなことをするわけはない。他の男とのセックスをビデオに収めて、もし、秋本に見つかったらどうなる。

結局、秋本たちは離婚せず、今も夫婦関係を続けている。今度の久雄の結婚式にも、秋本ひとりだが、出席することになっている。女房とのことは、すでに遠い過去の話だ。

それでも、祝い品が届いた時はどきりとした。礼状は亜季子が書いて送っている。それを見て、過去の恨みが頭をもたげ、何かしら仕返しをしたいと思ったと考えられないこともない。

いや、まさか。まさかそんなことを……。

「どうしたの」

亜季子の声に我に返った。亜季子はすでに玄関に入っている。

「いや、何でも」

久雄は慌ててその後に続いた。

♀

茶封筒に入ったままのビデオテープを、亜季子はテレビ台の端に置いた。

先に着替えてしまいたいが、その間に、もし久雄がこれを観てしまったらと考えると、とてもビデオテープから離れる気になれなかった。

「コーヒー、どう?」

亜季子は振り向いて言った。わざとらしくならないよう言ったつもりだが、少し、声が上擦《うわず》っていたかもしれない。

「うん、もらう」

久雄がソファに腰を下ろした。

すぐビデオを観よう、と言われずホッとした。と言うより、まるでビデオのことなど忘れてしまったように、久雄はテレビのリモコンを手にしてスイッチを入れた。テレビから、賑《にぎ》やかな笑い声が溢《あふ》れて来た。

コーヒーを淹《い》れながら、亜季子は再び考えた。

いや、浩じゃない。

このマンションに引っ越してすぐ、美咲に結婚の報告の電話をした時に、こんなことを聞かされたのを思い出した。

「そうそう、この間、週刊誌を読んでたら、浩さんの書いた記事が載ってたわ。今、中東に行ってるみたいね」

その時は「あら、そう」と軽く聞き流しておいたが、すぐにその週刊誌を買いにコンビニに走った。確かに、浩の署名入りの記事が載っていた。『戦地の春夏秋冬』というタイトルで、一年間、この地に留《とど》まって記事を書き続けるというものだった。

だから今、浩は日本にはいない。浩がビデオを届けることなんてできるはずがないのだ。

ホッとした。

しかし、それと同時に新たな疑問が湧いた。

では、あのビデオは何なのだ。いったい何が映っているのだ。

「コーヒー、まだ？」

久雄の声に、亜季子は慌てて答えた。

「今、持ってく」

ペアのカップを食器棚から取り出し、コーヒーを注いだ。

このカップは、学生時代からの友人、朋子《ともこ》から結婚祝いとしてプレゼントされたものだ。一客、一万円以上する。受け取った時は「無理しちゃって」と、何だか申し訳ないような気になったが、独身で、大手企業に総合職として勤める朋子にしたら、これぐらい大した出費ではないのかもしれない。

朋子とはよく海外旅行に出掛けた。ハワイもイタリアもスペインも、インドネシアのバリ島にも。

バリ島……。

ふと手を止めて、亜季子はカップを凝視した。

バリ島への旅は、さまざまな旅行の中でも少し意味合いの違う思い出がある。観光やショッピングではなく、もっと別の印象が強烈に残っている。

ホテルに滞在して三日目に、浜辺でビーチボーイと呼ばれる日本語の達者なふたりの男の子と仲良くなった。

「おいしいキノコがあるんだけど、どう？」

彼らはそう言ってにっこり笑った。

マジックマッシュルームのことは、知識としてもちろん知っていた。

亜季子は朋子と顔を見合わせた。

「どうする?」

若かったのだと思う。警戒心より好奇心の方が勝っていた。朝から何杯も飲んでいた甘いリキュールの酔いもあったかもしれない。男の子たちが、どう見ても十代としか思えなかったせいもあるだろう。朋子とふたり相談して、その夜、男の子たちを部屋に招き入れた。

乾燥したキノコをビールと一緒に口に入れた。味はあまり感じなかった。やはり緊張していたのかもしれない。しばらくすると意識に薄い膜がかかり、不意に、身体がふわりと宙に浮くような感覚に陥った。やがて気分は異様にハイになり、当然のように、それぞれのベッドで男の子とセックスし始めた。隣の朋子の喘《あえ》ぎ声と、自分のそれとが重なって、耳の奥で渦巻いていたのを覚えている。

翌朝、目が覚めたらふたりとも全裸のままベッドに横たわっていた。吐き気と頭痛で起き上がるのもやっとだった。当然、彼らの姿は消えていた。現金とパスポートはセイフティボックスにしまってあったが、財布の中に入れてあった二百ドルばかりの金はなくなっていた。それでも、時計やアクセサリー、クレジットカード、朋子が持って来た小型ビデオカメラといった持ち物はそのまま残っていて、そうタチの悪い男の子たちでもなかったと、ふたりで妙な納得をした。

帰国すると、すぐ朋子から連絡が入った。

「あのね、ビデオにすごいものが映ってたの」

「すごいって？」

「ほら、ビーチボーイの子たちとの」

彼らは、朋子のビデオで互いの行為の様子を撮っていたのだった。撮られた覚えはまったくないが、途中から意識もほとんどない状態だった。

「すぐ消したけど、それでいいよね」

「当り前じゃない」

でも、もし朋子が消していなかったら？　消したのは自分の映っている部分だけで、亜季子の方をこのビデオテープに残していたら？

朋子はまだ独身だ。「今は仕事に夢中だから結婚なんて」と口では言っているが、もしかしたら、先を越されたと、亜季子のことを憎々しく思っているかもしれない。朋子はあれで嫉妬心の強いところがある。

もし、そうだったら……このビデオテープにあの夜のことが映っていたら……。

♂

亜季子が持って来たコーヒーを飲みながら、久雄はテレビ台の端にあるビデオテープから目が離せないでいた。

　最初は秋本の女房かと思えたが、そうとなれば自分の姿も映ることになる。夫婦は結局、元の鞘《さや》に納まった。秋本はエリートコース邁進《まいしん》中だし、何より去年子供が生まれている。今更そんなことをして何になる。秋本の女房にしてもリスクが大き過ぎる。

「おいしい？」

　亜季子が尋ねた。

「うん、おいしいよ」

　答えながら、久雄は過去のページをめくり始めた。

　ビデオに撮られるようなことが何かあっただろうか、いつ、どこで、誰に……そして、ふと思い当たった。

　撮られたわけじゃない。逆だ。自分がビデオを撮ったのだ。

「そうだ、いただきもののクッキーがあったっけ、持って来るね」

　亜季子が再びキッチンに入ってゆく。それを目で追い、もし自分にあんな趣味があったとバレたら、亜季子は即刻、婚約破棄を言い渡すだろうと考えていた。

　いずれは田舎に戻って両親の面倒をみるつもりでいる。亜季子ならきっとそれも受け入れてくれると踏んでの結婚だった。式は一カ月後に迫り、部長に仲人《なこうど》も頼んである。今更、中止になどできるはずがない。

もし、あのビデオだったら、決して亜季子に観せるわけにはいかない。隠してしまおうか。でも、今までそこにあったビデオがなくなっていたら、亜季子は不審がるだろう。隠したのが誰だかもみえみえだ。上からコーヒーをこぼそうか。それでテープは駄目になるのか。

とにかくやってみようと、ソファから立ち上がりかけると、亜季子が戻って来た。

「夜にこんなの食べたら太っちゃうかも。ウェディングドレスが入らなくなったらどうしよう」

屈託なく亜季子は笑っている。

久雄も笑顔を返した。

以前、久雄は世田谷のワンルームマンションに住んでいた。そこから、女性看護師の寮が見えた。距離はかなりあり、肉眼では人間が動いている程度しかわからなかったが、望遠レンズを使うと、その様子は手に取るようだった。ナースたちは窓を開け放したまま、あっけらかんと着替えをしていた。帽子を取って、薄いピンクの制服のボタンをはずす。大概、その下はブラジャーとパンティだけだ。時にはブラジャーをはずすこともあった。その様子は久雄を十分に興奮させた。久雄はビデオを回し、撮り続けた。

学生時代の仲間のひとり、福田《ふくだ》とは、その頃よく会っていた。酒の勢いでついそのことを話すと、どうしても見たいと鼻息を荒くして言った。

翌日、ふたりで盗撮し、そのビデオを福田は喜んで持ち帰った。

もちろんそこに久雄の姿はない。だからと言って安心はできない。声が入っているはずだ。ビデオを回しながら、福田は何度も久雄の名を口にした。

「久雄、おまえいい思いしてるなぁ」「これを毎晩おかずにしてるのか、久雄」「久雄のとこに、俺も越してこようかな」

もう、そんなことはしていない。自分はマニアでも変態でもない。ちょっとした好奇心だった。亜季子と出会い、マンションも引き払って、そんな趣味とも縁を切った。持っていたビデオもみんな処分した。

しかし、福田は昔から悪ふざけし過ぎるところがある。その延長上で、結婚を知ってビデオテープを郵便受けに放り込んでいったという可能性もないとはいえない。

だとしたら、どうする。

「そろそろ」

亜季子が言った。

ビデオを観ようと言い出すのかと、久雄は緊張した。

「シャワーでも浴びて来たら？」

久雄はホッとして、短く息を吐き出した。

「あ、シャワーね」

しかし、居間にひとり亜季子を残してゆくわけにはいかない。シャワーを浴びている間に、観られてしまうかもしれない。

「一緒に浴びようか」

「え……」

亜季子はほんの少し困ったような顔をしたが、すぐに「ええ」と首を縦に振った。

♀

シャワーを頭から浴び、立ったまま、背後から久雄は容赦なく突いてくる。喘ぎ声が狭い浴室の中で響いている。排気口を伝わって、隣や上の部屋に聞こえるのではないかとハラハラしながらも、亜季子はどこか上の空だった。

こうしていても、もちろんビデオテープのことが頭から離れなかった。気になることはまだあった。

でも、そのことは誰も知らない。誰にも話してないし、顔も映っていない。だから、あのビデオテープが届けられるなんてことはあるはずがない。

女子大生だった頃、一度だけ、ＡＶに出演したことがある。渋谷でスカウトされ「モデルになって」と連れられて行った事務所は、アダルト専門の芸能プロダクションだった。

「絶対に出ません、絶対」

と、すぐに席を立とうとしたのだが、相手は次から次と譲歩案を提示して来た。

「顔は見せなくていいんだ。そういうのもアリなんだ。そうだ、羽根のついた仮面なんてどうかな。それなら誰にもわからないし、雰囲気も出る。それとギャラなんだけど、顔を出さない時、普通は五十万前後ってところなんだけど、君が出てくれるんなら七十万出してもいいよ。本番がいやなら、それもナシでいい。その場合、お腹か顔に出すことになるけどね。だから、ね、どうかな。軽いアルバイトの気持ちでさ。七十万だよ。喫茶店のウェイトレスだったら、何日働かなくちゃいけないと思う？　撮影は一日で済む。衣装もみんなこちらで用意する。ね、どうかな、悪い話じゃないと思うんだ。やってみない？」

ちょうど学生寮を出て、アパートを借りたいと思っていたところだった。遊び過ぎて、お金も足りなくなっていた。その上、どうしても欲しいバッグがあった。

若さと愚かさは同義語だ。

まさか、あのビデオが……

いいや、そんなわけがない。もう十年以上も前のことで、亜季子さえも忘れかけていた。商品として出回ったとしても、仮面をつけているのだから、それが亜季子とわかるのは、たぶん、亜季子自身ぐらいだろう。

けれども、ひょんなことから……たとえば、あのＡＶを撮ったカメラマンがたまたまこの辺りに住んでいて、亜季子を見た瞬間に思い出し、跡をつけて住所を確認し、昔のビデオを探し出して来て郵便受けに投げ込んだとしたら……何のために……お金でも取ろうというのか……。ああ、想像がどんどん深みにはまってゆく。

いったいあのビデオには何が映っているのだ。誰が、何の目的で、郵便受けの中に投げ込んだのだ。

♂

亜季子の腰をしっかり抱きかかえ、奥へ奥へと突きたてながら、これでビデオのことを忘れてくれたら、と久雄は祈っていた。

何とかあのビデオを、亜季子に不審がられず処分する方法はないものか。

あれが盗撮したビデオであったら、と考えるとゾッとするが、実はそれ以上に、いたたまれない思いが頭をもたげ始めていた。

先日、怪しげな男に声を掛けられた。

「女の子と遊びませんか。十二歳の本物の女の子」

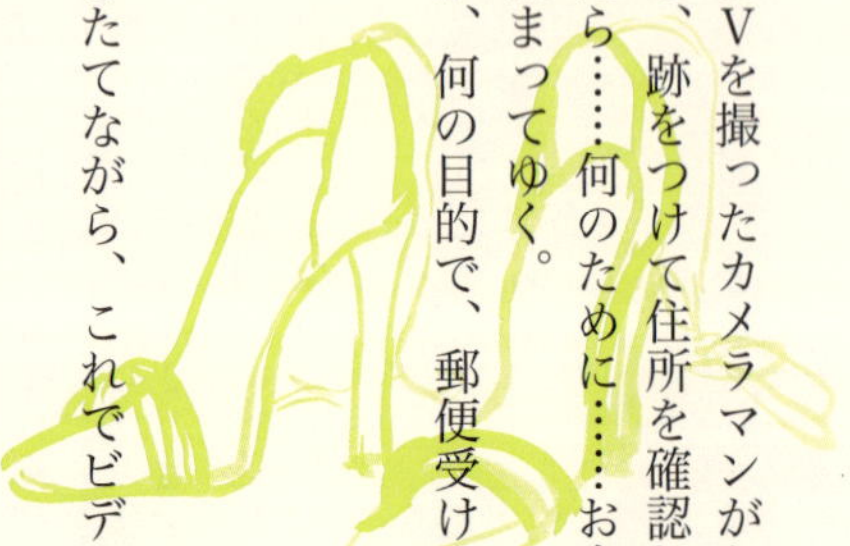

ロリコン専門らしい。値段もそう法外なものではなかったし、少女を弄《もてあそ》ぶ中年の男というのも一度試してみたかった。飲んだ勢いもあって、たまには変わったプレイも悪くない、と、つい首を縦に振っていた。

マンションの一室で待っていたのは、確かに少女という印象の女の子だった。もちろん本物の十二歳のはずがない。そんなことをしたら犯罪だ。童顔で小柄の女が、いかにもそれらしく振舞っているだけだ、と自分に言い聞かせた。

男は、サービスでビデオ撮影もあります、と言ったが、もちろん断った。しかし、あの部屋のどこかにビデオが仕掛けてあったとは考えられないか。

もしかしたら、すべて録画したのではないか。こっそり免許証でも見られ、住所を控えられ、強請《ゆす》るつもりでこれを郵便受けに投げ入れたのではないか。「買い取ってくれなければ、児童買春を会社や世間にバラす」そんな思惑があるのではないか。安っぽいサスペンスドラマのようだが、タチの悪い相手なら、それぐらいのことはやるかもしれない。

独身最後の遊びのつもりで、つい羽目をはずしてしまった。どうしてあんな誘いに乗ってしまったのだろう。

もし、あの部屋で行われた一部始終を亜季子が観たら……。勘弁してくれ

やはり、あのビデオは何としても始末しなければならない。

シャワーを終えると、亜季子はいつも髪にドライヤーを当てたり、顔にいろいろ塗ったりする。それには時間もかかるだろう。チャンスはその時だ。その間にテープを切っておこう。そうすれば、デッキに入れてももう再生はできない。知らん顔を通せば、最初からそういうビデオだったということで済むはずだ。

ところが、久雄がパジャマ姿で居間に戻ると、亜季子も一緒について来た。どうして今夜に限って髪を乾かさないのだ、いろいろ塗りたくらないのだ。

仕方なく、リモコンでテレビを点《つ》けた。スポーツニュースが始まっていた。いつもは気になるプロ野球の結果も、サッカーの勝敗もどうでもよかった。

「ビールでも飲むか」

じっとしていられなくて、久雄は言った。

「ええ、そうね」

亜季子が頷《うなず》く。

ビールを取りに、久雄は冷蔵庫に向かった。

♀

「はい」

「ありがとう」

亜季子は久雄から缶ビールを受け取り、プルリングを引っ張った。

濡《ぬ》れた髪のせいで頭が冷たい。顔は乾燥してぱりぱりしている。それでも、久雄のそばから離れるわけにはいかない。目を離した隙に、ビデオをセッティングされたら取り返しのつかないことになる。

こうなったら、久雄にどんどんビールを飲まそう。強さから言ったら、亜季子の方がずっと上だ。三本も飲めば、きっと眠ってしまう。その間に、あのビデオを、別のものにすり替えてしまえばいい。

今更、過去に幸福を壊されたくなかった。せっかく摑んだ結婚を手放したくなかった。式の準備は着々と進んでいる。予定通り、教会で誓いの言葉を述べ、披露宴で幸福の笑みを振り撒《ま》く。新婚旅行のパリでは、石畳の上を久雄と腕を組んで歩くのだ。もう戻れない。もうやり直したくない。また一から結婚相手を探すなんてうんざりだ。

隣の久雄は呑気《のんき》にスポーツニュースを眺めている。まるで、ビデオのことなど忘れてしまっているように見える。

♂

もう一度、セックスした方がいいだろうか。

久雄は頭を巡らせていた。

さっきしたばかりで、二度目の自信はなかったが、ベッドの中に連れ込んでしまえば、亜季子も眠りについてくれるかもしれない。その間にビデオを何とかしてしまおう。

中に何が映っているか、確認することはできないが、宛名も送り名もない茶封筒に入れられた、ラベルの貼られていないビデオに、笑って済ませられるものがあるとは思えない。

亜季子だって、そのことが気にかかっていないはずはないだろう。

しかし、だったらなぜ観ようと言わないのだろう。なぜ一言もビデオのことを口にしないのだろう。

♀

「ねえ、ビール、もう一本どう?」

「それもいいけど、そろそろベッドに行かないか」

「じゃあ私、髪を乾かしたいから先に行ってて」

「いいよ、テレビを観ながら待ってる。ドライヤー、使ってくれば」

「ううん、やっぱりもう少しビールを飲むわ」

ふたりとも、縛られたようにソファから離れることができない。

夜が更けても、朝になっても、このまま座り続けているしかないのだろうか。どちらかが眠るまで。どちらかがビデオテープを始末するまで。

どちらかが……。

亜季子はゆっくりと久雄に顔を向けた。それは久雄が振り向くのと同時だった。ふたりは目を合わせた。

久雄が何のためにここにいるのか。それは、亜季子が何のためにここにいるのかと繋《つな》がりがあるのではないか、とようやく想像が及んだ時、電話が鳴り出した。

亜季子は我に返った。

「誰かな、こんな夜遅く」

「僕が出よう」

久雄が立って受話器を上げた。

「もしもし……ああ、どうもこんばんは……ええ、おかげさまで何とか……ちょっと待ってください、今、亜季子と代わります」

「誰？」

「礼美さんだよ」

亜季子は久雄から受話器を受け取った。

「もしもし、私だけれど」

「ああ、亜季子、あれ観た？」

いきなり礼美は言った。

「あれって？……」

「ほら、郵便受けの中に入ってたでしょう。私の新婚旅行の時のビデオ。亜季子もパリにしたって言うから、何かの役に立つんじゃないかなって入れておいたの。いいわよ、パリは。シャンゼリゼ通りにエッフェル塔、コンコルド広場にリュクサンブール宮殿。私ももう一度行きたいわぁ」

うっとりした声で礼美は言った。

「足はメトロを使うのが絶対にお得。美術館のチケットとセットになったのもあって便利よ。今度、いろいろ教えてあげるから、ゆっくり話しましょうよ」

「そうね、その時はよろしく」

電話を切って、亜季子はテレビ台に近付いた。ビデオを手にすると、背後で久雄がソファから立ち上がるのを感じた。

「観るのか、それ」

声が緊張していた。

「礼美の新婚旅行のビデオなんですって。ほら、彼女もパリだったから、参考にって持って来てくれたの」

「そうだったのか……」

久雄はすとんと腰を下ろした。

デッキに入れると、すぐに画面が広がった。

礼美がVサインを突き出している。

「ここはシテ島にあるノートルダム寺院の前でーす」

亜季子もソファに戻り、久雄の隣に腰を下ろした。

「目の前を流れているのがセーヌ川、向こうに見える建物はパリ市庁舎。今から私たちはコンコルド広場に行って、カフェに立ち寄る予定でーす」

礼美ははしゃぎまくっている。時々、夫の「もうちょっと右に寄って」などという声が入る。いかにも新婚旅行で浮かれているふたりといった様子だ。

「楽しそうね」

亜季子が呟く。

「ああ、本当に」

久雄が答える。

「私たちも、楽しまなくちゃね」

「うん、思いっきりな」

それから、ふたりはソファに座ったまま、黙ってそれを観続けた。

結婚式まであと一カ月を切っている。

PM8:00 オフィスにて

バッグの中で携帯電話が鳴り始めた。

植田安美《うえだやすみ》はパソコンから顔を上げ、オフィスの壁掛け時計を見た。

「もう、八時かぁ」

安美は椅子の背もたれに身体を預け、大きく背伸びをした。

金曜日の夜、こんな時間まで残業だなんて、そろそろ三十歳になろうとする女がやることじゃない。けれども、それぞれに予定を抱えた後輩たちはみな帰ってしまい、残った仕事を、結局安美が引き受けてしまうハメになったのである。

電話の相手はわかっている。学生時代からの友人、礼《れい》子《こ》だ。今夜、彼女からちょっとした合コンに誘われていた。もう何年も恋人のいない安美を気遣って、ここのところよくこうやって声を掛けてくれるのだ。

「あら、まだ会社？」

「ごめん、もうすぐ出るから」

電話を切って息を吐く。礼子の気持ちはありがたいのだが、安美はどこかで億劫《おっくう》だった。

初対面の相手と顔を合わせ「こんにちは」から始まって「趣味は？」とか「出身は？」とか「休みは何してる？」とか「最近観た映画は？」なんて話をひととおり終えると、後は何を話していいのかわからなくなる。

周りはそれなりに楽しく盛り上がっているというのに、どこか場違いなところにいるような気がしてきて、ひとりでいる時よりも孤独な気持ちになってしまう。

恋人は欲しい。欲しいけれど、恋ってどんなふうに始まるものだったのだろう。そんなことさえ思い出せな

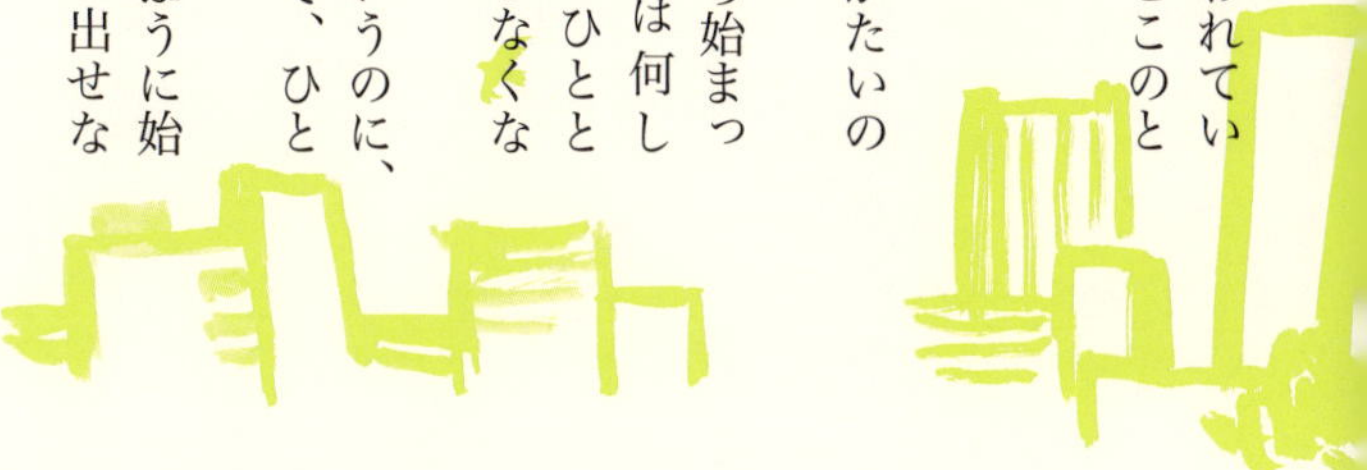

い。

その時、オフィスのドアが開いて、営業の大野《おおの》が入ってきた。

「あれ、残業なんだ」

彼は安美の顔を見て言った。

「お疲れさま」

「ああ、本当に疲れた。取引先のややこしいお喋りに付き合わされちゃってさ」

彼はどさっと椅子に身体を預けた。

「みんな、うまく逃げるのに、俺ってすぐ捕まっちまうんだよな。要領が悪いから」

大野らしくない、少し投げやりなニュアンスが安美には気に掛かった。

「他の社員がイヤがることでも率先してやっていく、そこが大野さんのいいところじゃないですか」

安美は普段思っていることを、言葉にした。

「え？　この俺が？　そんなふうに見られているなんて

意外だなぁ。ただのお人好しなだけだよ」

　大野が照れ臭さそうに答えた。

「自分のことって、意外に自分がいちばん知らなかったりするんですよね。きっとその取引先の人、大野さんのことを信頼しているんだと思います」

　大野はわずかに肩をすくめた。

「だったらいいけどね」

　安美は再びパソコンに向かい、キーを叩き始めた。

「あのさ、この間、部長に提出する俺の企画書のデータを直してくれたの、植田さんだよね」

「えっ」

　安美は驚いて大野を見た。

「あの時は助かったよ。数字が違ってたら赤っ恥をかくところだった。ありがとう。照れ臭くて、今まで礼を言えなかったんだけど」

「いえ、たまたま清書の時に気がついただけで……」

「前にも、表計算のレイアウトをわかりやすく変えてくれた」

安美は少し言葉に詰まった。

「余計なことをしてすみません」

「余計なこと？」

「大野さんのレイアウトを勝手に直しちゃって。こういう自分のお節介なところ、すごく嫌いなんです」

「驚いたな」

大野がため息混じりに言った。

「自分のこと、そんなふうに思ってるのかい？　植田さんの心配りに、俺、いつも感謝してるんだ」

安美はどう返事をしていいかわからなかった。けれど、胸の奥に忘れかけていた温もりが広がっていくのを感じた。どこか懐かしい温もりだった。

「さっき、俺にくれた言葉、そのままお返しするよ。自分のこと、自分がいちばん知らなかったりするんだね」

それから互いに顔を見合わせて、わずかに苦笑した。

「ああ、腹減ったなぁ」

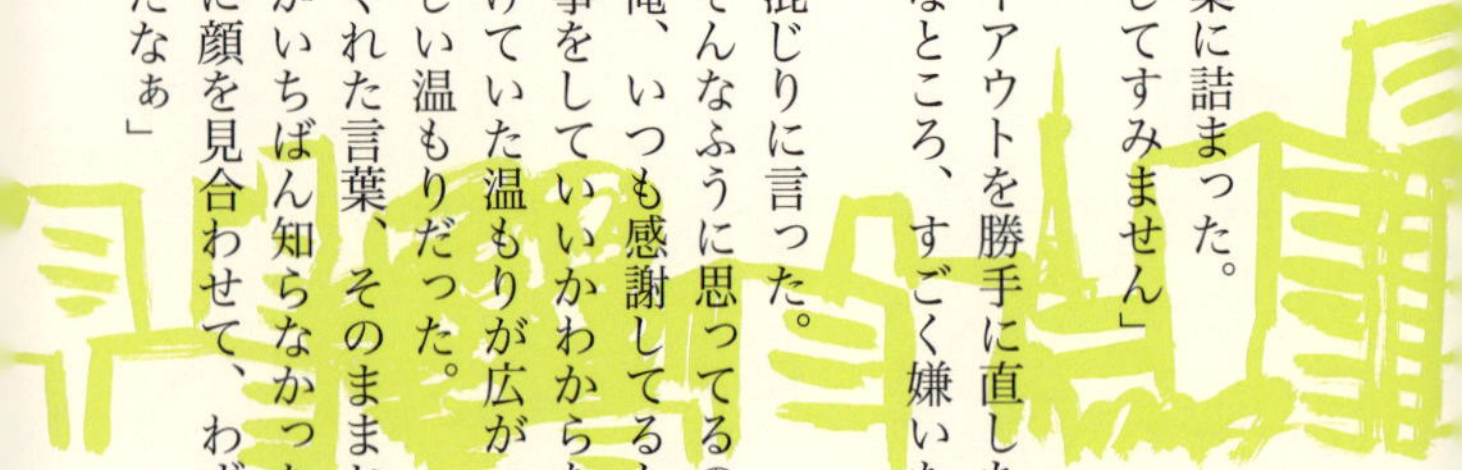

唐突に大野が言い、それからこう付け加えた。

「植田さん、仕事、まだ終わらないの？」

「いえ、もう少し」

「じゃあ、どこかで……」

その時、再び携帯電話が鳴りだした。

「あ、すみません」

安美は大野に背を向けるようにして、バッグから取り出した。案の定礼子だった。

「まだ？　いつまで待たせるのよ」

「ごめん、礼子、今夜はパスする」

「えーっ、どうして」

「ごめんって」

「もう」

「今度、埋め合わせするから」

電話を切って、ついでに電源をオフにした。

それから安美はゆっくりと大野の方に顔を向けた。

「お待たせしました」

そして、次の言葉を待った。

オフィスの時計は、ＰＭ８：００をわずかにまわったところだ。

消息

土曜日は雨で始まった。

ベッドから腕を伸ばし、カーテンを引くと、鈍色《にびいろ》に霞んだ景色がガラス窓に広がっていて、美紀《みき》は失望したような気分になった。

そろそろ梅雨《つゆ》明けと言われているのに、梅雨前線はしつこく関東上空に居座っている。気紛れに夏を思わせる上天気が一日程度あったかと思うと、期待した人々を嘲笑《あざわら》うかのように雨が街中を占領する。そんな繰り返しがここのところずっと続いていた。

ダウンケットに潜ってじっとしていると、気怠《けだる》い吐息に包まれた。まだいくらか昨日の酔いが残っていて、胃の辺りには、何か堅い固まりを飲み込んでしまったような重い感触もある。

かすかな自己嫌悪を伴いながら、美紀は昨夜のバカ騒ぎを思い返した。

年に一度か二度、美紀は学生時代から仲のいい友人たち四人と騒ぐ機会を持つ。仕事や結婚など、それぞれに自分たちの生活を持ったメンバーは、集まるといっても必ずひとりやふたりは欠けてしまうが、昨夜はめずらしく、全員が顔を揃《そろ》えることになった。

昨夜は、美紀の二十七回目のバースデイだったのだ。

おめでとう、という祝福の言葉とそれぞれのプレゼントを彼女たちから受けながら、二十七歳という年齢を、美紀は不思議な気分で迎えていた。嬉しくもなかったが、それほど悲しいわけでもなかった。ただ、わかり切っていながら、この日を迎えた時、ドアの向こうに不意な来客を見たような戸惑いがあった。それは毎月訪れる女のしると同じく、かすかな痛みを伴っていた。

麻布《あざぶ》のイタリアンレストランで食事をし、その後、六本木のカクテルバーへ向かった。その頃はもう五人とも、可笑《おか》しくもないのに笑いが止まらなくなる、というような陽気な酔いが回っていた。調子に乗って、何度も乾杯をし、何度もグラスをカラにした。色とりどりのカクテルは、店のダウンライトに映えて、グラスを持つ指先までも彩った。

年齢という格好の話題に、五人の女たちのかまびすしいお喋りがテーブルの上をひっきりなしに行き交う。

「私も二カ月後には美紀と同じ二十七歳になっちゃうのね。いやだな、自分が想像していた二十七歳とあまりにギャップがあるんだもの」と、節子《せつこ》。

「あなたはいいじゃない、もう結婚して子供も産んだのだもの。私はまだ確固とした証《あかし》を何も残してないの、仕事もプライベートも中途半端なまま。そのことに追い詰められる気分よ」は、真由美《まゆみ》。

「結局、二十七歳がいやなんじゃないのよ。その年齢をいやだと思う、自分がいやなのよ」これは、ヒロコ。

「毎年、バースディは面接試験を受けているような気になるのよね。この一年であなたはどんな女になったのって。そして、これからの一年でどんな女になるつもりなのって。意地悪な面接官に聞かれてるの。もちろん、それは私なんだけど」そして、久美《くみ》。

そんな話題も、カクテルの力を借りて、笑顔で交わし合った。時には自嘲的に、時には感傷的に、そしてお互いへのいくらかの牽制《けんせい》をも含めて。

「ところで、彼と別れたんですって?」

尋ねたのは節子だ。子供に手がかかって外出もままならないらしく、会うのは一年ぶりくらいだ。その質問が美紀に向けられた瞬間、後の三人がふっと緊張したのが感じられた。そのことはもう誰もが知っていた。

「うん、まあね」

「聞いた時、びっくりしちゃった」

節子の屈託のない口調がせめてもの救いだった。

「いつ?」

「もう半年になるかな」

「前に会った時は、そろそろ結婚なんて言ってたのに」

「そうだったっけ」

「理由はなに？」

しばらく言葉を探したが、酔いが回った頭では節子を納得させるだけの理由を見付けられそうになかった。

「お互いにお互いを必要としなくなったから」

「それだけ？」

「そう」

「簡単なのね」

「別れなんて、結局はそういうものでしょう」

残りの三人は黙っていた。本当は、誰もが彼とのことを聞きたがっているのは知っていた。彼女たちがその件に触れなかったのは、バースディにはふさわしくない話題であるという気遣いだったのだろう。そんな彼女たちの思いやりを今更ながら目《ま》のあたりにすると、美紀は少し居心地が悪くなった。

本当は自分から言ってしまえばよかったのかもしれない。彼とのことは、始まりから四人とも知っている。一緒に食事をしたり、スキーに出掛けたこともある。触れない方がむしろ不自然だったろう。けれども五年という決して短いとは言えない月日の結末を、彼を責めることなく、自分をおとしめることなく、ひとつの別れのストーリーとして口にするには、まだ傷は湿り気を帯び過ぎていた。

話を締め括《くく》ったのはヒロコだった。

「いいじゃない、そんなこと。私たちに過去を振り返ってる時間なんてないんだから。ねえ、場所を変えない？　可愛い黒服たちがいるクラブを知ってるの」

その時、このバースディをやろうと言い出したヒロコの本意にはじめて気付き、美紀はほほ笑んだ。

「いいね、行こうよ。その可愛い黒服、見てみたい」

「あら見るだけ？」

「どういう意味？」

「ナンパするとか」

「いやぁね、そんなの、当たり前じゃない」

「さすが、二十七歳になった大人の女は言うことが違う」

それをきっかけに五人はカクテルバーの席を立ち、すでにおぼつかなくなっている足取りを楽しみながら、クラブへと向かった。

そろそろ起きなければ、と思いながらも、美紀はベッドの中でぐずぐずしている。窓の外に鬱陶しく広がるびしょ濡れの景色が、起き上がろうとする気持ちをそいでいる。

午後に二子玉川《ふたこたまがわ》で約束をしていた。昨日、遅めのランチを一緒にと、同僚の木田《きだ》から誘われたのだ。シャワーを浴びて、髪を乾かし、お化粧をし、着替えて、部屋を出るまでには二時間は必要だろう。

勢いをつけてベッドから抜け出した。まずはキッチンに立ってコーヒーを淹れる。

雨が降るとコーヒーの香りが深くなる、と教えてくれたのは別れた彼だった。湿気が香りを包み込んで分散させないのだと言う。そう言われると、そんな気がした。その時から、雨の日は紅茶ではなくコーヒーを飲むようになった。もうこの部屋に彼のためのカップはなくなってしまったが、その習慣だけは今も残っている。

木田から「付き合ってほしい」と言われた時、美紀は自尊心をくすぐられる心地よさと、同時に、困惑と負担を感じた。木田をその時まで、同僚として以外に見たことはなかった。ただ、思った。この人を愛せたら。そうしたら何もかもがうまくゆく。この半年、思い出したくないことばかりが詰まった胸の中をひっかき回したり、真夜中に息苦しさで不意に涙ぐんだりする自分にうんざりしていた。木田が人の好い男だということは、入社以来、ずっと机を並べて来た美紀が誰よりも知っている。

「神様が人間にくれた最大のプレゼントは、忘れるってこと」

と、教えてくれたのは誰だったろう。

そう、忘れることがすべてを解決する。そして忘れるためのもっとも効果的な方法は、新しい恋をすることだ。

せめて天気がよかったら、もう少し弾んだ気持ちでいられるかもしれないのにと思う。ひとつの恋の終わりを確認するためにも。新しい恋の始まりを期待するためにも。

大井町線《おおいまち》はすいていた。美紀が住む自由《じゆう》が丘《おか》から二子玉川までの間には四つの駅がある。住宅街を走り抜ける私鉄電車は、雨に煙った風景の中を、気のせいか焦《じ》れったく感じられるほどのんびりと抜けてゆく。

傘から落ちた雫《しずく》が電車の床を濡らし、まあるく水染みを作っている。目の前に座る高校生らしき女の子のミニスカートと半袖のTシャツ姿を見ると、自分が着ている長袖のブラウスが野暮ったく感じられ、美紀は少し後悔した。本当はもう夏物に替えたいのに、雨続きの毎日はまだ肌寒い。我慢しても季節を先取りしてお洒落を楽しもうとする気持ちが最近薄くなって来たような気がして、そんな自分を少し寂しく思った。

電車は九品仏《くほんぶつ》を過ぎ、尾山台《おやまだい》でいくらかの乗客を乗せて再び走りだす。木田のことを少し考える。彼を好きになれるかという疑問と、好きになれるかもしれないという期待は、部屋を出る時から、いや、木田に付き合ってほしいと申し込まれた時から、ずっとシーソーを続けていた。それがどちらに傾くのか、美紀にはまだわからない。

等々力《とどろき》の駅はひっそりとしていた。雨に包まれて駅舎の屋根も柱も曖昧な輪郭に縁取られている。ドアが開いて、老人と子供連れの母親が乗って来た。その時、美紀の目が留まった。

向かい側のホームの端に佇《たたず》む背の高い男。少し俯《うつむ》き加減に背を丸くして、何かを考え込むように身動きしない。傘が彼の顔に青い影を落としていたが、決して見間違いではなかった。

美紀は震える唇で、小さく呟《つぶや》いた。

浩二《こうじ》……。

「君にふさわしいのは、僕じゃない」

あの時、そう言ったきり、浩二は黙り込んだ。

救いようのない沈黙が、ふたりの前に横たわっていた。浩二のアパートに、前触れなしに訪れた時だ。もう数えきれないくらい通っている部屋だった。けれど、約束なしで訪ねたことは一度もない。敢えてそれをしたのは、確かめたかったのかもしれないと、今になって思う。突然の来訪に、浩二がどんな表情で出迎えるか。そして、それは予想通りだった。もちろん、悪い予想の方だ。玄関に知らないパンプスが並んでいた。

沈黙はとろりとした感触を持ち、美紀の身体を徐々に締め上げてゆく。付き合い始めの頃、気恥ずかしさに言葉を見付けられない時「天使が通っている」と照れながら浩二が言ったことを不意に思い出した。

わかった、と答えたのか、さよなら、と言い残したのか、それとももっと辛辣《しんらつ》な言葉を投げ付けたのか、何も覚えていない。アパートを飛び出し、街の中をやみくもに歩いた。ひとりになりたかったが、本当のひとりになるのは怖かった。雑踏の中にゆらゆらと漂いながら、何度も涙を拭《ぬぐ》った。

決して突然の別れではなかった。潮が満ちるように、少しずつ別れという波が足元を揺るがしていることに、美紀はもう大分前から気がついていた。

「忙しかったんだ」

そう言って約束を反古《ほご》にした言い訳を、浩二は何度口にしただろう。その陰に嘘が見え隠れして、美紀はそのたび傷ついた。そして傷ついた小動物が精一杯の牙をむくように、美紀もまた、必ず棘《とげ》を忍ばせた言葉を返した。

「電話一本もかけられないくらい？」

「仕方ないだろう」

「金曜の夜から日曜の夜まで、ずっと電話を待っている私のこと、考えたことある？」

「待ってなんかいないで、どこかに出掛ければよかったのに」

「待たれてるのが負担なの？」

「何だかたまらない気分だよ、電話の前でじっと座っている美紀の姿を想像するのは」

「前に、浩二が電話をくれるって約束した時、私が出掛けていたらすごく怒った。友達のところにまで電話をかけて私を探し回ったじゃない」

「よせよ、昔のことだろ」

「昔？　何だか私たちのこともう昔のことみたいに言うのね」

「連絡しなかったのは悪かったよ。これから気をつける」

「浩二」

「うん」

「本当は」

「え？」

「…………」

「本当は、何だ？」

「ううん、今週は会えるの？」

「週末に電話するよ」

そして、電話はかかって来ない。そんな繰り返しは、美紀を確実にささくれだった気持ちにさせた。

君は最近優しくないな、と浩二は言った。優しくさせないようにしているのは誰？

と美紀は答えた。ふたりは無意識の中で、棒を倒すための砂をすくっていた。倒れないでと願いながら、心とは裏腹に手は砂をすくってゆく。最後の砂をすくったのは浩二だった。けれども、ほんの少しのタイミングの差で、もしかしたらそれは自分だったかもしれない、と美紀は思う。

浩二との話題の中に、彼女の名がしばしば登場するようになったのはいつ頃だったろう。新しく配属されて来た彼女は浩二をかなりてこずらせたようだ。

「参ったよ、最近の子ってああいうのかな。会っていきなりタメ口だよ。物怖《ものお》じしないっていうか非常識っていうか、何とかならないものかな」

「そんなこと言うと、おじさん扱いされるよ」

美紀は笑って答えた。

「それだけじゃないんだ。コピーを頼んだらとんでもないサイズのを取ってくる。パソコンに時間がかかってると思ったらゲームで遊んでる。人事はいったいどういう基準で採用してるんだろう。管理能力を疑いたくなるよ」

浩二はいつもそんなふうにこぼしていた。

あの時、そのやっかいな女の子が浩二を奪う存在になるなんて、誰が想像できただろう。

いつか浩二は彼女の話をしなくなった。その間に、浩二の胸の中で、何かが壊れ、何かが創られつつあることに、美紀は愚かなことに少しも気付いてはいなかった。

ホームの端に立つ浩二から、美紀は目が離せない。駆け出したい熱い思いにかられ、そして、駆け出してどうなるのかという自制にためらい、シートに座ったまま動けない。もし目の前に現われた美紀を見て、浩二が不愉快な色を顔に滲《にじ》ませたら、きっと自分に唾を吐きかけたくなるような後悔に打ち拉《ひし》がれる。けれども、何事もなかったような笑顔を向けられたら、もっと傷つくに違いない。もう一度、と、少しでも考えるのは自尊心を失った女になるということだろうか。

それでも、と思う。

締め付けられるような胸の痛みが語っている。

それでも、まだ、私は——。

発車のベルが鳴り始めた。それに急《せ》き立てられるように、美紀は立ち上がった。急ぎ足でドアに向かったが、容赦なくそれは鼻先で閉まった。

電車が動き始めた。

ガラス窓に額を押しつけて、美紀は浩二の姿を見続けた。こっちを見て、とどれだけ呪文を送っても、浩二の目がこちらに向くことはない。

電車は速度を増してゆく。浩二の姿が小さくぼやけてゆく。雨はまだ降り続いている。

線路の軋《きし》みが足に響く。浩二の姿が曖昧になる。電車はカーブで大きく曲がり、やがて完全にその姿を消し去った。

神様は嘘つきだ。

美紀は指先を握り締めた。

「神様が人間にくれた最大のプレゼントは、忘れるってこと」

私にはくれない。

浩二を忘れられない。


本当に忘れなければならないことは、浩二とのあの不毛な争いではない。むしろ、それは心にしっかりと刻み込んでおくべきだ。そうやってこの別れが決して間違いではなかったのだと、自分に何度も言い聞かせなければならない。

忘れるべきことは、ふたりで過ごした幸福な五年間。結末を知らない無邪気さが、ふたりに与えてくれた残酷なほど満ち足りた日々。あの時、こんな未来が訪れようとは考えてもいなかった自分。


ホノルルマラソンを走りたい、と浩二が言い出した時、美紀は少し呆れていた。

「本気なの？」

「もちろん。一緒に行くんだよ、美紀も」

「私も？　でも、走れない」

「待っててほしいんだ、ゴールのところで」

「それでいいの？」

「ああ」

休暇を取り、飛行機に乗った。どうせハワイに行くなら、ふたりでショッピングをしたり泳いだりと、のんびりした数日間を過ごしたかったが、浩二はマラソンのことで頭がいっぱいのようだった。

明け方とは呼べないくらいまだ暗やみが広がる早い時間に、浩二はゼッケンをつけてスタート場所に向かって行った。

「必ず、ゴールで待っててくれよ」

「わかった」

美紀は手を振り、見送った。

ゴールとなるカピオラニ公園で美紀は待った。空は漆黒《しっこく》から群青《ぐんじょう》に変わり、やがて濃い茜《あかね》色に、そして信じられないほど澄み切ったブルーに染められた。そして目の前に広がる海は、空より深く鮮やかなエメラルドグリーンをたたえていた。波が新鮮な日差しを浴びて、尖《とが》った鱗《うろこ》のように白く光っている。まるで海そのものが巨大な魚となってしまったようだ。

二時間を超えて、少しずつランナーたちが戻って来た。誰もが長い旅を終えた修行者のように、心からの笑顔を見せていた。美紀は浩二の姿を見逃すまいと、瞬きさえもしないように注意した。完走するのにいったいどれほどの時間がかかるのか、よくわからない。いつか三時間半を超えていた。ゴールには数多くのランナーたちが到着している。もしかしたら足を痛めたのではないか、体調が悪くなったのではないか、そんな不安が、周りのお祭騒ぎとは裏腹に美紀をいたたまれない思いにした。

ランナーたちの間に、ようやく浩二の姿を認めた時、美紀は大きく手を振った。

「浩二！　ここよ、浩二！」

何度も叫び、その声はランナーたちの隙間《すきま》を縫って、ようやく浩二に届いた。浩二は美紀を認めると、少し顎を引いて頷いた。ゴールまであと十数メートル。その間ずっと、浩二は美紀だけを見ていた。美紀もまた浩二だけを見ていた。

ゴールした瞬間、浩二と美紀は抱き合った。耳元で激しい呼吸が繰り返された。

「これを」

途切れ途切れの声で、浩二はポケットから指輪を取り出した。海の欠片《かけら》のような、アクアマリン。

「浩二……」

驚きと嬉しさとで言葉を失うと、浩二はようやく笑顔を浮かべた。

「ただ渡すだけじゃいやだったからさ」

三時間五十八分二十七秒。

浩二はその時間と共に、美紀に指輪を嵌めた。

「疲れた……」

そう言って、がっくりと身体の力を抜き、美紀によりかかった。その重さを抱えることができず、芝生の上に重なるようにふたりは倒れ込んだ。

この重さを決して忘れない。美紀は浩二の背に腕を回し、目を閉じた。この重さは、浩二の愛の重さなのだ。抱えきれないほどの愛を私はもらったのだ。その時、幸福という確かなものを、美紀は噛みしめていた。


忘れなければならないのは、こういうことだ。

あの日のことを、嘘だとは思っていない。バカバカしいほどロマンチックなお話だからこそ、美紀は吐き気を伴うような悲しみに包まれる。身体が軋み合うほど抱き合った浩二と、電車の窓から見つめるしかない浩二とが同じ人物であるということ。自分を忘れた浩二と、自分が忘れられない浩二とがひとりしかいないということ。その理不尽な現実が、美紀を追い詰めてゆく。

二子玉川の駅に降り立った時も、雨はまだ降り続いていた。東の空がほんの少し明るくなって来たような気もするが、思い込みかもしれない。

ホームの先まで行けば、多摩川が見られる。川を越えればその先はもう川崎だ。

美紀は改札を抜けて、約束のレストランに向かった。川沿いに建つ、瀟洒《しょうしゃ》な雰囲気のお店だった。ドアを入ると、窓際の席から木田が立ち上がるのが見えた。美紀は彼へと近付いた。

「どうも」

と、言って、木田は少しはにかんだように髪に手をやった。会社では見せない表情に、美紀は少し新鮮な感動を持った。向かい側の席に腰を下ろし、ふたりは向き合った。

「誕生日、おめでとう。一日遅れだけど」

「知ってたの？」

「まあね」

「ひとつ、歳《とし》をとっちゃった」

「嬉しくないのかい？」

「もう、嬉しがるような歳じゃないもの」

「七十歳になったわけじゃないのに？」

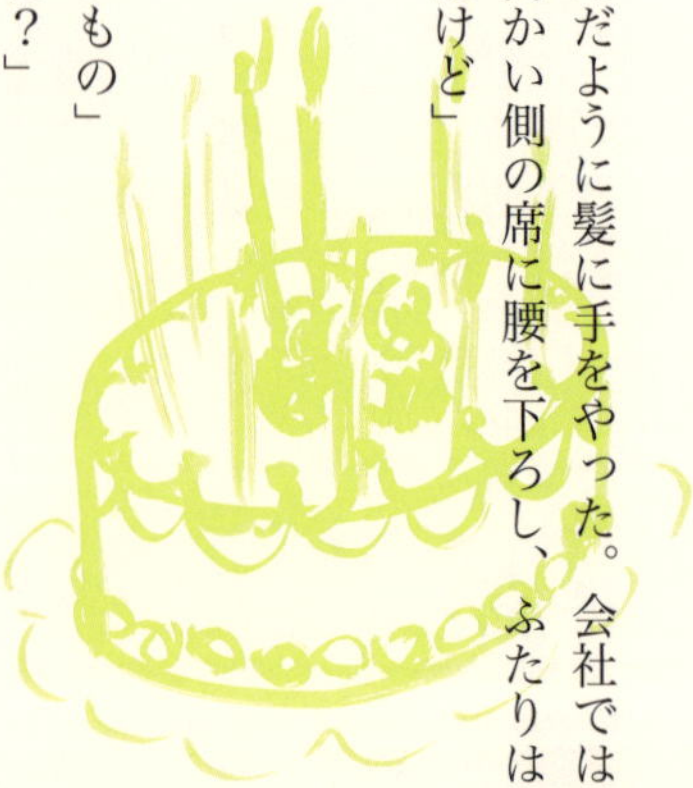

　ふたりはコースになっているランチをオーダーした。

「昼間だけど、少し飲んでもいいだろう」

「少しなら」

　昨夜の酔いはもうない。木田はウェイターにサインを送った。すぐにグラスとボトルが運ばれて来た。ウェイターがきゅっきゅっと音を立てて栓を抜く。

「シャンパンだなんて」

「これは僕からの誕生日プレゼント」

「そうなの？」

「形のないものの方がいいと思って」

　言葉の裏側に、美紀はいかにも木田らしい心遣いを感じた。

「ありがとう、いただく」

　華奢《きやしや》なグラスの中で、細かい泡が立ち昇ってゆく。グラスを触れ合わすと、澄んだ音が広がり、それは心地よい余韻を残した。

「でも、正直言うと、何かプレゼントしたいと思ってるんだ。リクエストしてくれると嬉しいんだけど」

「気にしないで」

「欲しいものはないの？」

「そうね」

と答えてから、美紀は窓の外に目をやった。多摩川の流れは濁っていて、やはり美しいとは言えない。みんな雨のせいだ。

「本当言うと、ひとつだけあるの」

「うん」

「でも、それは貰《もら》えない、誰からも」

「何なの？」

「聞きたい？」

「聞きたいね」

「笑わないと約束してくれる？」

「もちろん」

まじめな顔つきで木田が頷く。

「知ってる？　神様が人間にくれた最大のプレゼントは、忘れるってこと。それを私も欲しかったのに、でも貰えないみたい」

料理が運ばれて来た。まずは貝柱と温野菜だ。瑞々《みずみず》しく色鮮やかな野菜が、お皿の上にまるでオブジェのように盛られている。

「このレストランは、無農薬有機野菜を使っているというのがウリなんだそうだ」

「へえ、おいしそう」

ふたりはそれを口に運んだ。期待通り、野菜は適度な歯応えと甘味があった。

「さっきの話だけど」

木田がフォークを動かしながら言った。

「ええ」

「多少ショックはあるけど、君の言ったことはわかったつもりだよ。そういうこともあるだろう。もう、子供ってわけじゃないんだから」

「そうね」

「でも、ひとつ違っているような気がする」

「なに？」

「神様が人間にくれた最大のプレゼントは、忘れることだって言ったよね」

「違うの？」

「逆じゃないかな。忘れられないことさ。忘れられない何かがあるって、忘れてしまいたい何かがあるより、ずっと価値があるはずだろう」

美紀は木田に顔を向けた。木田は少し照れ臭そうに笑った。

「僕はそう思うけど」

美紀は膝に視線を落とした。胸の中に、梅雨空と同じように重く鬱陶しくわだかまっていたものがゆっくりと動き始めるのを感じた。なくした何かは、いつもひどく値打ちがあったような錯覚を呼び起こす。探すことばかりに一生懸命で、つい顔を上げることを忘れてしまう。

不意に、はらはらと涙がこぼれ落ちた。

「どうしたの」

木田は狼狽《うろた》えたように美紀を見た。

「ううん、何でも」

美紀はそう答え、もう少しだけ泣いた。木田は静かに頷くと、窓の外に目をやった。

「ああ、晴れて来たね。これできっと梅雨が明ける。夏はもうすぐだ」

雲の切れ間に青空が覗《のぞ》き、所々から光がシャワーのように降り注いでいる。その眩《まぶ》しさに目を細めて、浩二のために涙を流すのはもしかしたらこれが最後になるかもしれないという、穏やかな安堵とかすかな喪失を噛みしめながら、美紀は指先で涙を拭った。

明日のゆくえ

地下鉄に乗っていても、恭子《きょうこ》は駆け出したい気分だった。

少しでも早く目的の場所に着けるよう出口階段に近い車両に移動しながら、腕時計に目をやる。約束の時間からすでに四十分が過ぎていた。

今夜、有次《ゆうじ》の好きなアーティストが出演するコンサートに出掛ける約束をしていた。恭子がチケットを確保し、有次と会場の前で待ち合わせたのだ。

けれども、もうコンサートは始まっている時間だ。こんなことになるなら、先にチケットを渡しておけばよかったとひどく後悔した。

ようやく会場に着くと、入口に有次がひとりぽつんと取り残されたように立っていた。不機嫌な表情がここからでも見て取れた。

　恭子は息せき切って走り寄った。

「ごめんね、遅れて。まだ入れるよね」

「もう、いいよ」

　有次が無愛想に言った。

「どうして、今なら何曲か聞けるし」

「いいんだって」

「もったいないよ、せっかくチケット取ったのに」

「こうなったのは誰のせいだよ」

　有次が強い口調で言い、それから改めて恭子を見た。

「遅刻の理由は？」

　恭子はいくらかためらいがちに答えた。

「帰ろうとしたら、たまたまお客様から電話が入って
……」

「また仕事か」

　有次は鼻白《はなじろ》んだ顔をした。

「いつも言い訳は仕事だな」

「だから、ごめんって」

恭子は設計事務所に勤めている。レストランやブティック専門の設計だ。急に顧客との打ち合わせが入ったり、現場から呼び出されたり、休日出勤も日常茶飯事で、約束を守れない事態がよく起こる。

「どうせ、俺はいつも後回しだからな」

その言葉が棘《とげ》を持って恭子の胸に届いた。

「そんなふうに言わないで」

「実際、そうだろう」

「そんなことない、いつだって有次のことを考えてる」

「仕事、何とかならないのか」

唐突に言われて、恭子は有次を見直した。

「辞めろと言ってるわけじゃない。ただ、このままじゃ俺たち、大事なものを築けないと思うんだ。ワーカホリックなんて時代遅れだよ」

さすがにかちんときた。自分の仕事を軽く扱われたような気がした。

「だったら、何をさしおいても有次を最優先するような女の子と付き合えばいいじゃない」

思わず口にしていた。ここのところ、時折、そんな影が有次の背後に見え隠れすることがあったせいもある。

有次はわずかに恭子から目線をはずし、ひとつため息をついた。

「俺たち、しばらく距離をおかないか」

一瞬、心臓をぎゅっと摑まれたような思いにかられた。けれども、すぐに怒りとも屈辱ともつかないエネルギーが湧きあがった。

「別れたいなら、はっきりそう言えば」

言ってから、言ってしまった、と、恭子は思った。

「それでいいのか、恭子は」

「私じゃなくて、有次がいいんでしょう」

「そうか、わかった」

有次が背中を向けるのを、恭子はぼんやり眺めていた。

付き合いはじめて二年。ここ数カ月の自分たちの関係を考えると、もうダメかもしれない、という予感がなかったわけではない。ちょっとしたことでぶつかりあい、時には十日以上も連絡を取り合わなかったりする。

前の喧嘩も今日と似たようなことが原因だった。その仲直りをしようと、有次のためにコンサートのチケットを手に入れたのだ。

有次の後姿が見えなくなってから、恭子は重い足取りで駅に向かって歩き始めた。

今度こそうまくやろう、優しく可愛い女であろうと決心するのに、いつも結果は同じになる。前の恋人とも、前の前の恋人とも、別れの理由はだいたいこんな感じだった。

大学を卒業して十年。希望した設計事務所に就職し、それなりに頑張ってきたつもりだ。恭子が手懸けた店が評判を呼んだこともあり、ようやく周りから認められるようにもなっていた。仕事は好きだし、これからも続けたいと思っている。

だからといって、仕事だけで人生を踏み固めてゆくつもりはなかった。いつか結婚をし、子供を産み、家族を作り上げてゆきたいという思いがある。

人生には、何かしら区切りのようなものが必要だと恭子は思う。たとえば、中学の時は高校入学が、高校では大学入学が、そして大学では就職がひとつの区切りとなった。就職して数年は仕事を覚えるのに精一杯だったが、少し落ち着くと、次の区切りが欲しくなった。区切り。それは結婚になると思っていた。そうして子供が生まれたり、今度はその子供たちの入学や卒業が区切りになって、人生が彩られてゆく。

もしかしたら有次と――。

そんな思いが確かにあった。いや、そうなりたいと思っていた。三十歳をすでに二年前に迎えて、認めたくはないが、少し焦りにも似た思いが広がっていた。

けれども、結果はこの有様《ありさま》だ。どうにも仕事が忙しく、その上、気の強い女は、幸せな結婚など手に入れられないのかもしれない。

*

あれからひと月が過ぎた。

連絡は何もない。恭子も何もしていない。有次を失いたくないという気持ちはあるが、たとえ元の鞘に納まったとしても、同じことを繰り返すだけだということもわかっていた。

若い頃は、失恋しても、三日泣いて、三日自棄《やけ》食いをして、三日買い物に走れば、あっさり次の恋への闘志が燃えたものだ。年をとるにつれ、心の回復力まで落ちゆくのだろうか。

今日は、新規顧客への説明に出向くことになっていた。

正直なところ、不満だった。いつもの仕事と違ってバリアフリーのための改築だからだ。不景気に押されるように、恭子の勤める設計事務所も個人宅のリフォームを数多く受け入れるようになっていた。有次のことがあって、ただでさえ意欲が湧かないというのに、不慣れな仕事に関わりたくなかった。他のスタッフに回してほしいというのが本音だったが、誰も都合がつかず、結局、恭子が引き受けることになった。

訪ねた家は、築三十年はたっているだろうと思われる平屋の物件だった。

恭子は依頼してきた老夫婦と挨拶を交わすと、早速、床の段差や、トイレや風呂場や台所といった水回りを見て回った。すっかり老朽化が進んでいて、いっそ建て直しを勧めたいくらいだが、もちろん口にはできない。

少し痩せ気味で髪が半分ほどになったご主人と、少し太って白髪を美しくセットしている奥さん。何を決めるにしても「それでいい？」と、必ず確認しあっている様子から、仲のよさが窺えた。

「予算が限られているのですが、大丈夫ですか」

ご主人が少々不安げな顔をした。

「もちろんです。ご予算に添った見積もりをさせていただきます」

「よかったわ」

奥さんの笑顔に、ご主人も表情がほころんでいる。

ふたりの穏やかな表情を見ているうちに、恭子もいつか凪《なぎ》のような落ち着きを感じていた。こんなふうに、人生の後半を共に過ごせる伴侶がいたらどんなに幸せだろう。

「コーヒーを淹れようかね」

一通りの確認作業を終えて居間のソファに腰を下ろすと、すぐにご主人が立ち上がってキッチンに入って行った。

「どうぞお気遣いなく」

言ってから、恭子は思わず呟いた。

「羨ましい……」

「あら」

奥さんがくすりと笑う。

「やっぱり年季の入ったご夫婦は違います」

「あなた、ご結婚は？」

恭子は肩をすくめた。

「いえ、まだ」

「そう、いい人とめぐり会えるといいわね」

「それが、なかなかうまくいかなくて」

「それはそうよ」

あっさり答えが返ってきた。

「本当に大切なものを見つけるには、長い時間が必要だもの。時には気が遠くなるくらいのね。私もあの人に出会うまでに何十年もかかったのよ」

言ってから、奥さんはキッチンに立つご主人に目を向けた。

「私たち、結婚したのは最近なの」

「え？　そうだったんですか」

「知り合ったのは若い時だけど、事情があってね。互いに別の人と結婚して、それぞれの暮らしがあって、あの人は奥さんを亡くし、私は夫と離婚して、そうしてまた、再会したの。ちょっと恥ずかしいんだけど」

ご主人がコーヒーを持って、近付いてきた。

「今、おふたりのことを聞いてました」

恭子が言うと、ご主人は目を細めた。

「ああ、そうですか」

奥さんがトレイを受け取り、カップをそれぞれの前に置く。

「新婚でいらっしゃるそうですね」

「いやいや、その話は勘弁してください」

ふたりが照れたように笑い合う様子は、まるで無垢《むく》な少年と少女のようだった。

「ここが私たちの終《つい》の棲家《すみか》になります」

ご主人が言った。

「はい」

「たぶん、ふたりの人生の最後の区切りを過ごすことになるこの家を、どうかよろしくお願いします」

「わかりました。精一杯、やらせていただきます」

厳粛な気持ちに包まれながら、恭子は姿勢を正して頷いた。

帰り道、近くで見つけた公園のベンチに座り、有次に電話した。

少し戸惑いがちの有次の声がした。そのニュアンスから、有次の決心がもう翻《ひるがえ》らないのを感じた。それはとても悲しい結末だったが、恭子の気持ちは思いがけず穏やかだった。

「あんな別れ方をしてしまって、ずっと悔いが残ってたの」

「そうか」

「いろいろありがとう。それが言いたくて」

短い沈黙があった。

「ごめんね、有次。あなたの望んでいる女になれなくて」

「いや、謝るのは俺の方だ。俺ときたら度量が狭くて……ごめんな、恭子」

有次が悪いわけではないのに、自分を責めるような掠《かす》れた声だった。こんな形になってしまったけれど、この人に恋をしてよかったと、その時、恭子は心から思った。

「じゃあ元気で」

「恭子も」

電話を切って空を見上げると、排気ガスに覆われたいつも通りのぼんやりした空が広がっていた。それでも、その向こうにあるはずの澄んだ青を想像することができる自分が嬉しかった。

本当に大切なものを見つけるには、長い時間が必要なのだ。時には、気が遠くなるほどの。

私にはまだまだ十分な時間がある。

今から工務店に行かなければ。それから水回りを扱うショールームを回ろう。業者との値段交渉も今まで以上に食い下がろう。あの夫婦に満足してもらえる仕事をやり遂げたい。それがきっと、私の人生の区切りにもなってくれるに違いないから。

恭子はバッグを肩にかけ、勢いよくベンチから立ち上がった。

ラテを飲みながら

「ああ、またやっちゃった」

由香《ゆか》の呑気《のんき》な声が向かいの席から届いて、有美子《ゆみこ》はパソコンの陰で思わず顔をしかめた。

「入力する数字、間違えちゃったよ」

聞いてもいないのに、由香はわざわざ机から身を乗り出すようにして、有美子に告げる。

「また、最初からやり直しだ。面倒くさいなぁ」

それは自業自得だと思うのだが、本人は少しも恥じ入る気持ちはないらしい。

「残業になっちゃう」

ため息と共に、由香が呟く。

「誰か手伝ってくれないかなぁ」

有美子は聞こえないふりで、自分の仕事を続ける。

「もうすぐ五時だし、明日に回してもいいかちょっと課長に聞いてこようっと」

決心したかのように由香は言い、すぐに席を立って行った。

保険会社に入社して三年。林《はやし》由香とは同期で、同じ課に配属されている。机もずっと向かい同士だ。だったら仲良くしてもよさそうなものだが、松下《まつした》有美子は彼女が苦手だった。

いつも仕事は適当で、それを反省するどころか、今のようにあっけらかんと口にする。その後の処理に手間がかかる時は、何のためらいもなく周りの者の力を借りる。課長に泣きつくことも平気でする。無責任なお調子者、という形容がぴったりだ。

今まで何度も助けてきた。でも、さすがにもう手を貸す気にはなれない。意地悪かもしれないが、同じお給料を貰っているのだから、与えられた仕事は自分が責任をもってやるべきだと思う。

有美子はいつもそうしている。任された仕事は、どんなに大変でも最後までひとりでやる。ミスをしても、それは自分の責任なのだから、残業だけでなく時には休日出勤になったとしてもやり遂げる。それが当然だと思っている。

由香のように、何でもかんでもすぐ人に頼ろうとする気持ちの方が理解できない。いや、そんなだから、いつまでたっても簡単なところでミスを繰り返してしまうのだ。

そんなことを考えていると、由香が席に戻って来た。

「課長、明日でもいいって。ラッキー」

有美子に向かって屈託なく笑いかける。

課長も課長だと思う。どうしてもっとビシッと叱《しか》らないのか。だから由香も甘く見て、いつまでたっても仕事を覚えられないのだ。

五時を少し過ぎたところで、由香は当然のように仕事を切り上げ、ミスしたことなど忘れたように有美子に言った。

「ねえ、帰り、ちょっとお茶してかない?」

世の中には、相手が自分をどう思っているか、まったく気づかない人種がいる。

有美子がどんな印象を抱いているかも知らず、由香はこんなふうに、時折、夕食やショッピングに誘ってくる。といっても、せいぜい週に一度ぐらいのことだが、有美子は「悪いけど」と断る方が多かった。

普通だったら、ちょっと気を悪くして、もう二度と誘わないと思うのだが、由香はまたしばらくすると、性懲りもなく「リゾットのおいしいレストランを見つけたの、どう?」と、声を掛けてくる。断ろうとすると、由香が言った。

「実は聞いてもらいたいことがあるんだ。付き合ってくれないかな」

それがいつになく神妙な口ぶりだったので、有美子はつい頷いていた。

「うん……いいよ」

駅に向かう途中の、ファッションビルの裏手にあるカフェに、由香は有美子を連れて行った。明るい店内に、黒いエプロンをした店員がギャルソンを気取って接客するような店だ。有美子たちは席に座り、それぞれにケーキとラテを注文した。

「あのね、営業の木崎《きざき》さんなんだけどさ」

店員の姿が消えると、由香は唐突に、それでいてどこかもったいぶった口ぶりで言った。流行《はや》りのふんわりヘアに、マスカラたっぷりのメイク。仕事にその半分でいいから気持ちを向ければいいのにと思う。

「ああ、そういうこと……」

名前を聞いただけで、話の内容の察しはついた。木崎は独身で、背が高く、人当たりもいい。おまけに、見栄えのいい容貌をしている。だから女性社員に人気がある。そのことを木崎本人もちゃんと自覚している。つまり、とてもわかりやすい存在ということだ。

以前も何度か、由香の口から木崎の話を聞いている。今日のシャツがどうとか、廊下の隅《すみ》で電話してたとか、本命の彼女はいないらしいとか、そんなことだ。

「実はね、先週、思い切って映画に誘ってみたの。そしたら『残念だけど、土日とも仕事があるから行けない』って返事だったの。それは結局、行きたくないってことなんだなって、私も諦めようと思ったのよ。そしたら、それから目が合うとやけに親しげに笑いかけてくるの。今日も社食で会ったら、わざわざ私のところまで来て『この間は残念だった』なんて言うのよ。それって、また誘って欲しいっていう木崎さんなりのアピールじゃないかと思うわけ。だって本当に迷惑だったら、そんな思わせぶりなこと言わないでしょう」

有美子は黙って聞いている。

たぶん、わかってないのは由香だけだ。女にもてる男が、女に優しく振舞うのは、社交辞令のようなものだ。相手を不快にさせず、気を持たせつつ、尚且《なおか》つ本気になることがないように気を配る。言い寄る女たちに、木崎がいつもしていることではないか。どうしてそれがわからないのだ。

でも、有美子は無難な答えを口にした。

「かもしれないね」

だいたい有美子にしてみれば、そんなに仲が良いわけでもない自分に、どうしてこうも簡単に恋を打ち明けられるのか、そこのところも理解できない。

「やっぱりそうだよね。だったら、もう一度誘ってみようかな。どう思う？」

有美子は困って、話をはぐらかした。

「あのね、私の意見なんか聞いても何の役にも立たないと思うよ」

「どうして？」

「だって、そういう経験あんまりないし」

あっけらかんと由香は答えた。

「そんなの関係ない。すっごい役に立つ。だって松下さん、木崎さんにまったく関心ないでしょ、それがわかるから話せるの。じゃないと、本当の意見なんか言ってくれないもん。木崎さんのこと狙ってる人、多いのよ」

ああそうか、と得心した。確かにその通りだ。有美子は木崎に対して特別な感情は何もない。

由香は話の矛先を有美子に向けた。

「ねえ、松下さんは好きな人いないの？」

テーブルの向こうから由香が興味津々の目を向ける。

「いない」

有美子はあっさり首を横に振った。

「ほんとに？」

「いないのって、変？」

「変じゃないけど、私は今まで好きな人がいなかったことがないから信じられない。彼氏はいなくても、好きな人はいつも絶対にいる」

「ふうん」

「早く好きな人、見つけなよ」

余計なお世話、と思いながら、有美子は頷く。

「そうね、そうする」

「もし、何かあったらいつでも言ってね。相談に乗るから」

「ありがと」

有美子は鼻白《はなじろ》んでラテを飲み干した。


六時半にはカフェを出て、駅前で由香と別れ、ひとりで電車に乗った。

窓に映る自分の顔を眺めながら、有美子は胸の中で呟いた。

好きな人ぐらいいる。

ずっと前から好きで、ずっとずっと彼のことだけを考えてきた。

でも、それを由香に打ち明ける気になんかとてもなれない。由香だけでなく、誰にも話したことはない。彼と出会った時から、自分の胸の中だけにしまわれている。

たとえもし、何かの拍子に由香に告げることがあったとしても、きっと由香は信じないだろう。どころか呆れて笑い出すに違いない。いや、由香だけでなく、きっと聞いた者はみんな同じ反応をする。二十五歳になるこの年まで、ひとりの男をずっと好きでいるなんて、他に付き合った人もいないなんて、変人じゃないのって。

だから、私は誰にも言わない。

＊

保《たもつ》と初めて会ったのは小学校五年生の夏休みが終わった始業式の日だ。東京からの転校生としてやって来た。

先生の後ろに付いて教室に入って来た時、保は物怖《ものお》じしない目で、クラスメートたちへと視線を一周させ、「よろしく」と言った。妙にきっぱりした言い方だった。みんな呆気《あっけ》に取られたように、そんな保を眺めていた。

何しろ、北関東にある田舎町に突如として現れた、東京からの転校生である。保は子供ながらも、ふんだんに都会の匂いをまとっていた。

近所のアーケード街にある洋品店で売っている、ウエストにゴムが入っているようなズボンではなく、ちゃんとブランドのタグが付いたジーパンを穿いていた。靴もズックではなくスニーカーだった。ランドセルではなく、布製のデイパックを背負っていた。何から何まで、保は周りの男の子と違っていた。

それでいて、保は田舎者の有美子たちを見下すようなこともなく、持ち前の明るさで、瞬《またた》く間にクラスに馴染《なじ》んでいった。

有美子は呆気ないくらい簡単に恋をした。

そして、それはもちろん有美子だけではなく、当然のように、保は女の子たちの関心を一身に浴びる存在となっていった。

女の子たちが集まると、すぐ「誰が好き？」という話になる。しかしどんなに聞かれても、有美子は決して口を割らなかった。代わりに、その頃人気のアイドルの名前を出した。

というのも、クラスでいちばん可愛くて、勉強ができて、気が強い女の子がいて、その子も保が好きだということを知っていたからだ。もし保の名前を出したら、いじめられるかもしれないという不安があった。

いや、違う。本当のことを言おう。

怖かったのは、いじめられることではなく、正直に言って「保くんがあんたのことなんか好きになるわけない」と、彼女たちに笑われるのが嫌だったからだ。ふざけて保に告げ口されて、本人から「迷惑だ」とか「気持ち悪い」と言われるのが怖かったからだ。

有美子が何よりも恐れていたのは、恥をかかされることだった。もしそんなことになったら、二度と学校に行けなくなってしまう。

可愛くもなく、社交的でもなく、勉強も運動もそこそこの、ただまじめなだけのつまらない女の子。有美子は自分を知っていた。それは自分の「分《ぶん》」を知っていたということとである。

そんな有美子にできるのは、妄想ぐらいだった。

たとえば退屈な授業の最中、遠く離れた席に座る保の背を眺めながら——次の席替えで保と隣同士になり、保が忘れた教科書をふたり頬寄せ合って覗き込むうちに、お互い好意を持つようになる——とか、西の空が赤く染まる田舎のあぜ道を下校しながら——今度の登山遠足で、嵐に巻き込まれて有美子と保だけが道に迷い、一緒に山小屋で過ごして特別な関係になる——とか、宿題を終えて布団に潜り込み、冷たい足がようやく温まった頃——保に学年でいちばん綺麗な女の子が告白している最中に、保が突然「俺が好きなのはあいつだ」と有美子を指差す——などと、頭がぱんぱんになるくらいロマンチックなストーリーを組み立てた。

保と口をきくチャンスはほとんどなかった。席はいつも遠かったし、同じクラスというだけで接点は何もなかった。

一度だけ、保に話し掛けられたことがある。たまたま、教壇に置いてあった学級日誌をぱらぱらめくっていた保が、不意に振り向き「おまえって、字うまいな」と言ったのだ。

有美子はたぶん無表情だったはずだ。顔が赤くなるのを隠すために、あまりにぎゅっと手を握り締めて、手のひらに爪が食い込んだ。何か答えなくては、と焦っても最後まで言葉は出なかった。保はすぐ興味なさそうに有美子から目を逸《そ》らし、男の子たちと教室を出て行った。

消しゴムを盗んだのは、たまたまだ。

掃除当番の時、落ちていたのを拾ったのだ。どうして保のものだとわかったかといえば、みんなに自慢していた青いスポーツカーの消しゴムだったからだ。奇跡のように思えて、有美子はポケットに入れた。

翌日、保がみんなに「消しゴム見なかったか」と聞いて回っていた。隠すつもりはなかったが、返しそびれてしまったことで、今更「拾った」とは言えなくなっていた。

もし、持っているのが自分だとわかったら、盗んだと思われてしまうかもしれない……それが怖くて、しばらくびくびくしながら過ごした。しかし数日後、保は宇宙船の形をした消しゴムを持って来て、みんなに「いいだろ」と見せびらかしていた。もう前の消しゴムのことなんかすっかり忘れていた。

そんな関係は、小学校を卒業し、中学に入っても変わらなかった。保にとっての有美子はただの小学生の時に同じクラスだった子、でしかなかった。

保は硬式テニス部に入り、有美子は書道部に入部した。もちろん、保から字を褒められたことがきっかけだった。人数が少なくて、ほとんど活動はなかったが、有美子は毎日部室に行き、窓からグラウンドを走る保の姿を暗くなるまで追っていた。

保が足首を捻挫《ねんざ》した時は、自分の足も痛くなった。県大会で優勝した時は屋上に出てひとりで泣いた。保が購買部でパンを買うと、同じパンを買った。保の上履きが下駄箱で乱れていると、誰もいないのを確認してから直しておいた。

保のことが好きでたまらないのに、この気持ちをどうしていいのかわからない。告白する勇気もなければ、諦める潔さもない。ほんのひと言話しかけることすら、高い高いハードルだった。

そんな有美子にできることといったら、保と同じ高校に入学するだけだった。

＊

「飲めないので」

と、有美子はグラスを覆うように手を乗せ、首を振った。

「もう少しぐらいいけるだろう」

それでも課長がビールを注《つ》ごうとする。

「すみません、本当に駄目なんです」

向かいに座っていた由香が「課長、無理に勧めるとセクハラですよーっ」と、声を掛けてきた。由香は仕事ができなくて、課長にすればお荷物的な社員でしかないはずなのに、どんな冗談も笑って受け入れられる。

「おっと、それは困る」

「私が代わりにいただいちゃいまーす」

由香は気さくにグラスを差し出した。もう、ずいぶん飲んだらしく、言葉にいつも以上の甘ったるさが加わっている。

「よーし、どんどん飲めよー」

課長は上機嫌で由香のグラスを満たした。

三カ月に一度くらい、こうして課の飲み会が開かれる。有美子はこれが苦手だった。みんなはリラックスしているのに、自分だけはいつまでたっても緊張感が抜けない。

確かに自分はあまりアルコールに強い方ではない。が、まったく飲めないわけでもない。アパートに帰ればワインぐらい飲んでいる。

でも、飲んで顔を赤くして、どうでもいいことにはしゃいだり、馴れ馴れしく隣に座る同僚の肩に手を置いたり、だらしなく膝を緩めたりする由香——由香だけじゃない、そんな同僚や上司の姿を見ていると、どうしてあんなふうになれるのだろうと不思議でならないのだ。恥ずかしくないのだろうか。自己嫌悪に陥らないのだろうか。酔ってあんな醜態を見せてしまうぐらいなら、飲まない方がマシだと有美子は決めている。

二次会のカラオケも有美子は断った。

「私、歌、ヘタだから」

言うと、居酒屋の前で、由香が呆れたように有美子の腕を引っ張った。

「そんなの気にすることないって。だいたい、みんな自分の歌のことしか考えてないんだから、他人の歌なんて聞いてやしないって」

「ごめん、でも、やっぱりよしとく」

新しい歌も知らないし、自己陶酔に浸る気もない。歌いもしないのに、行ったって楽しいわけがない。

「付き合い、悪いなぁ」

カラオケ店の割引チケットを手にした同僚男の声がした。由香は有美子の腕から手を離すと、同僚男に駆け寄った。

「いいじゃん、私たちだけで行けば」

それから有美子を振り返り「お疲れ」と、手を上げた。

断ったのは自分なのに、何だか見放されたような気持ちになって、有美子はしばらくその場に立ち尽くしていた。

＊

同じ高校に入学しても、何も変わりはしなかった。

有美子はいつも保の姿を追っていたが、その保は有美子のことなどまったく眼中になかった。もしかしたら、同じ小中学出身ということさえ、忘れているのかもしれなかった。

その上、保は同じテニスクラブの女の子と付き合い始め、部活の帰り、肩を並べて校門をくぐってゆくようになった。その女の子は、髪が長くて、二重のぱっちりした目の、女の目から見ても可愛いと思える子だった。

自分でも、どうしてそんなに保のことが好きなのかわからない。他のクラスメートたちは、それぞれに彼氏を作り、青春を楽しんでいる。保のことなどさっさと忘れて、他の誰かを好きになればいいと思うのだが、やはり保以上に心を動かされる存在はないのだった。

このまま一生、保のことしか目に入らなかったら自分はどうなるのだろう。ずっとひとりで生きてゆくしかないのだろうか。

保に恋をしてからというもの、有美子がいちばん思い知らされたのは孤独だった。空洞の心を満たしてくれるのは保しかいない。でも、保は決して有美子に恋をすることはない。それが、あまりにもリアルに理解できて、有美子は絶望した。

進学は保と同じ関東の大学に決まったが、場所は八王子と埼玉で、接点がないこともわかっていた。

卒業を目前にした時、ようやく有美子は決心した。

メッセージとサインを貰おう。

あの頃、卒業生は仲のよかった子や、好きだった人から、ノートにメッセージ入りのサインを貰うのが流行っていた。

これで最後、もう二度と会えない。気持ちを打ち明けるのは無理でも、せめてそれくらいの思い出は欲しい。

卒業式が終わって、生徒たちは玄関先で記念写真を撮ったり、連絡先の交換をしたりと集まっていた。有美子は保の姿を探し出し、あらん限りの勇気を振り絞って声を掛けた。

「あの」

男友達と一緒にいた保は、振り返って有美子を認め、「え、俺?」と自分を指差した。周りの男の子がニヤニヤしながら有美子を眺めていた。

言うべき言葉は決まっている。「メッセージとサインを貰えませんか」それだけだ。

ここに来るまで百回ぐらい胸の中で繰り返してきた。なのに、緊張と恥ずかしさで、なかなか言葉が出て来ない。

「ここに……」

有美子はようやくノートを差し出した。

それを受け取ったものの、保は困ったように何度か瞬《まばた》きした。

「ああ」

「えっと、おまえ誰だっけ」

どっと、周りの男の子たちが笑い声を上げた。

あれから大学生になり、こうして会社員にもなったというのに、あの時の、耳の奥でキーンと音が鳴るような恥ずかしさは今もはっきり覚えている。

だから、行かない。

半月前に届いた、東京近辺にいる者だけで行うという同窓会にも、出席できるはずがない。

*

「ねえ、ちょっと時間ない？」

帰り支度をしていると、由香がまた誘ってきた。

「ごめん、今日はちょっと」

「三十分でいいの、ね、付き合ってよ」

強引に誘われ、断るのも面倒になって、前と同じカフェに向かった。

「あのね」

店に入ってラテを注文するやいなや、由香はもう話し始めた。

「やっぱりもう一度、木崎さんを誘ってみようと思うの」

有美子は思わず息を吐く。

「可能性はあると思うのよ。でなきゃ、私にわざわざ話し掛けてきたりしないもの。きっと彼も心のどこかで、私からの誘いを期待してるんじゃないかな。それにね、ちゃんとデートしたら、彼を落とす自信はあるんだ。うん、それは絶対。このまま何もしないで、横から変な女に持って行かれたりしたら後悔するだけでしょう。やっぱり、何もしない後悔よりも、何かした後悔だと思うのよ」

有美子はつくづく由香を眺めた。

この子はどうして疑問を持たないのだろう。どう考えたって、木崎にその気はない。これは私だけが思うことじゃない。誰に聞いたってきっと同じことを言うはずだ。無理に決まっている。みっともなく木崎に振られるに決まっている。

「どうやら総務の女も狙ってるらしいんだよね。あと派遣の受付嬢も。そんな女にかっさらわれるの、悔しいじゃない」

二人の前にラテが運ばれてきた。ふわりと、香ばしさが立ち込める。

「私、わからない」

有美子はカップに手を伸ばす気にもなれず、口にした。

「え、何？」

「どうしてそこまで無神経になれるの？」

言葉を濁す気になんかなれなかった。自分が失礼なことを言っているとも思わなかった。

失礼というなら、由香の方がよほどそうだ。今まで何回、失敗した仕事を手伝わされただろう。何回、強引な誘いに付き合わされただろう。遠回しに断っても、由香はまったく気づかず、無遠慮に自分を押し付けてくる。

「え、ちょっと、それひどくない？　そんな言い方ってないでしょ」

さすがに由香はムッとした顔つきで、唇を尖《とが》らせた。

「木崎さんがどういう人かわかってないの？　もし、その気があるなら木崎さんの方から誘ってくるって。それがないのは、何とも思ってない証拠。みんなわかってることよ」

「それはそうかもしれないけど、どっちにしたって推測じゃない。誘ってみれば、結果ははっきりするわけだし」

「そんなことしたら、木崎さんに軽く見られてしまう。それでもいいの？」

「軽く見られるって何？」

「俺に惚《ほ》れてる、俺は眼中にもないのに、しつこく追い回されて困ってる、そんなふうに思われる。もしかしたら、みんなに言いふらされるかもしれない」

由香は何度か瞬きした。

「いくら何でも木崎さん、そこまで性格が悪いとは思わないけど」

それから顔を上げて、やけに歯切れよく付け加えた。

「でも、たとえそうなったとしても、私は別に構わない」

「信じられない。恥ずかしいと思わないの？」

由香は目を見開き、有美子を見ながら呆れたように声を上げた。

「好きな人に、好きって伝えるのが、どうして恥ずかしいの？」

「え？」

一瞬、口籠《くちご》もった。

「だって……」

「そうか、そうよね、松下さんは恥をかくのがいちばん嫌いだもんね」

「……」

「だから、できない仕事もひとりで抱え込んじゃって、周りに『手伝って』と言えないんでしょ。飲み会に行っても、酔っ払う姿を見せたくないから飲まないの。カラオケも同じ、ヘタだって言われるのが嫌で行かないの」

「誰だって、恥なんかかきたくないでしょ」

「そうかな、恥をかくってそんなみっともないことかな。いいじゃん、困った時は周りに頼れば。たまに羽目をはずして飲んじゃえば。音痴でも歌っちゃえば」

有美子は思わず手元に視線を落とした。

「私は、好きって気持ちを伝えることを恥ずかしいなんて思わない。本当に恥ずかしいのは、好きって想いを笑う方だと思う」

有美子は黙ったままでいる。

「違う?」

今まで自分が後生大事に胸に隠し続けてきたもの——そう、今も机の引き出しの奥にしまってある、あのスポーツカーの消しゴムみたいに——そこに熱い息吹が流れ込んでくるような気がした。そして、ようやく気がついたのだった。

私ったら、いったい今まで何をそんなに怖れていたんだろう?

「ねえ、私の言ってることは間違ってる？　やっぱり単なる無神経女？」

有美子はしばらく俯いていたが、やがてゆっくりと首を振った。

「ううん、林さんの言う通りだと思う」

「ほんと？　ほんとにそう思ってくれる？」

「うん」

「よかった、何かすごく力が湧いた。松下さんに聞いてもらってよかった」

「こんな私なのに？」

「何言ってるの、さっきあんなこと言ったけど、私、松下さんのこと、めっちゃ信頼してるもん」

「本当に？」

有美子はゆっくり顔を上げた。

「嘘じゃないよ」

「あのね……」

「え？」

「あのね、よかったら私の話も聞いてくれるかな」

由香は驚いたように目を丸くし、やがてその目を細めた。

「当たり前じゃない。何でも聞いてあげる。友達でしょ」

不意に泣きたいような気持ちになった。

私はもしかしたら、いつもそうやって自分で背を向けておきながら、被害者のような気持ちになっていたような気がする。ほんの少し、あと少しだけ由香のような強さがあれば、今までと違う自分になれるのかもしれない。

「あのね――」

ラテはまだ半分も残っている。

あの日の夢

今、未希《みき》はわからなくなっている。

どうして今の仕事に夢なんてものを抱いたのだろう。

もしかしたら、夢を持たなきゃという、追い詰められたような思いに惑わされて、どうでもいいようなことを大切な夢のように錯覚してしまったのかもしれない。それとも、自分の足で立って生きるとか、経済的に自立するとか、周りの風潮に乗せられてしまっただけなのかもしれない。

未希はため息をつく。

こんな思いに捕われるのは、きっと一週間前、久しぶりに学生時代の友人たちと会ったせいだ。

かつて仲のよかった三人。その誰もが、それぞれに自分の人生をしっかりした足取りで歩いていた。

慶子《けいこ》はエリートサラリーマンと結婚して、娘がひとりいる。子供のお受験にはまっているのにはちょっと閉口したが、以前よりずっと表情が穏やかになっていて、幸せなのだとすぐにわかった。

広美《ひろみ》はキャリアの道を邁進《まいしん》している。海外出張もしょっちゅうだそうで、今では主任という肩書きも与えられている。その上、年下の恋人もいて、彼のことを嬉しそうに告白した。

ＩＴ企業に就職した芳恵《よしえ》は、再度大学に入り直し、社会学を勉強している。ジャーナリストを目指して頑張っているという。

三人とも輝いていた。そんな姿がまぶしくて、未希はただ目を細めて聞き入るしかなかった。

そして、もうひとつ。会話の中で、かつて恋人だった哲夫《てつお》の結婚を聞かされたこともあるかもしれない。その話を聞くまで、哲夫のことなどすっかり忘れていた。それなのに、あれから胸の中がざわついている。

銀行のＯＬを辞めて、夢のある仕事に転職したいと告げた時、哲夫はこう言ってくれた。

「だったら、俺のところに来いよ」

もし、あの時、彼の言葉に素直に頷いていたら、今頃、少なくとも慶子のような幸せを手に入れることができていたかもしれない。

恋なんて、いつでもできると思っていた。けれども、あれからそんなチャンスは巡ってこない。最近では、恋ってどんなふうにするものだったか、すっかり忘れてしまっている。

本当にこれでよかったのだろうか。この道を選んで間違いはなかったのだろうか。これからの私、私の未来はいったい――。

ふと顔を向けると、バイトの女の子たちが仕事そっちのけでお喋《しゃべ》りに夢中になっている。

「ほらほら、ちゃんと手を動かして」

未希が注意すると、女の子たちは顔を見合わせて首をすくめ、面倒くさそうに仕事を始めた。

彼女たちが未希をどう思っているかぐらい、とっくに知っている。

「いやね、三十歳過ぎると、すぐカリカリしちゃって」

またひとつ、未希は息を吐き出す。

それが当たっていないわけじゃないだけに、いっそう憂鬱だった。

都下のベッドタウンにある、こぢんまりしたフラワーショップ。

これが、未希の今の職場である。

フラワーショップと言えば聞こえはいいかもしれないが、お洒落でも何でもない、商店街にあるただの普通の小さな花屋だ。

ＯＬをしていた頃は、お給料も待遇も悪くなかった。けれども五年もすると、自分の居場所はここじゃないと感じるようになっていた。

何かが違う。やっぱり自分の夢を持たなきゃ。

そんな気持ちに急《せ》かされるように、好きで習っていたフラワーアレンジメントの資格を生かし、三十歳になる直前に花に携わる仕事に転職した。

最初はよかった。そこは本店が銀座にある大手の花屋で、名高いホテルのメインロビーや、結婚式場やブティック、レストランといった場所に豪華な花を飾り、未希はそのアレンジの助手をしていた。それは思い描いていた通りの華やかな仕事で、しばらくは無我夢中で没頭した。

自分も力をつけて、いつかはきっと有名なフラワースタイリストになってやる。

そう思っていた矢先だった。オーナーから、この商店街の小さな花屋に行くように言われたのは――。

「あなたには、もう少し花屋としての基本を学んでもらいたいの」

ショックだった。どうして私が、と唇を噛んだ。ひどい失敗もないし、助手としての評判も悪くなかった。それなのに、いったいどうして私がこんな小さな花屋に追いやられなければならないのだ。

拗《す》ねた思いで、ただただ自分の不運を嘆いた。

いたっ！

未希は小さく叫び声を上げ、指先を引っ込めた。人差し指の先に、ぷっくりとまあるい血がふくらんでいる。

薔薇の棘《とげ》で指先を刺すなんて……。

そんなミスをしでかした自分にうんざりしながら、未希はレジ台に行き、棚からバンドエイドを取り出した。

何もかもが悪い方向へ回り始めているような気がしてならない。

このまま、この小さな花屋でずっと働くしかないのだろうか。

その時、店の前から泣き声が聞こえてきた。表に出てみると、小学校に上がったばかりくらいの女の子が転んでいた。

「大丈夫？」

未希は女の子を起こし上げ、ワンピースについた埃《ほこり》を払ってやった。

女の子はまだ泣いている。どうやら少し膝をすりむいてしまったらしい。

「痛いの？」

女の子は小さく頷き、くしゅくしゅと涙を手の甲で拭《ぬぐ》った。

未希は少女の顔を覗き込んだ。そうして涙の溢れるその不安気な顔を見て、ふと、懐かしさに似たものを感じた。

「ちょっと待ってて」

未希は店先のバケツに入れてあった、スイートピーの花束から一本を抜き取って持って来た。

「ね、見て、この花、可愛いでしょう」

女の子が拭っていた指の隙間からスイートピーに目を

向けた。

「うん……」

「これ、プレゼント」

「え、ほんとに？」

女の子が顔から手を離す。

「ほんとよ、だからもう泣かないの」

おずおずとスイートピーを手にして、女の子は頬に残っていた最後の涙を拭ったあと、目をぱちくりさせた。

「お花ってすごい、涙が本当に止まっちゃった」

ふふ、と、未希は小さく笑った。こんな安物の、たった一本のスイートピーなのにやっぱり子供ね、と、思っていた。

「私、大きくなったらお花屋さんになろうかな」

唐突に、女の子が言った。

「だって、お花屋さんになったら、私もたくさんの人の涙を止めてあげられるもん」

その時、まるで風に過去のページがめくられるように、懐かしい記憶が甦ってきた。

自分もまた、たった一輪の花に、どれだけ涙を拭われただろう。悲しみから救われ、壊れそうな心をやさしく包まれただろう。

そうして決めたのだ。花屋になろうと。それが始まりだった。それなのに、私は大切なことをすっかり忘れていた。いつの間にか、豪華で、華やかなアレンジメントにしか興味が向かなくなっていた。

もしかしたら、オーナーにはそれがわかっていたのかもしれない。

「ありがとう」と言って、女の子は笑顔を浮かべ、元気よく駆け出して行った。

それは、私の台詞《せりふ》だった。

ありがとう。忘れていた自分を取り戻させてくれて。

あの子は、あの日の私。

手のひらの雪のように

見上げると、街路樹の葉はすっかり色を変えていた。

季節は身体《からだ》というよりも、心に直結しているとナオは思う。

特に秋から冬への変わり目は、何かに追われているような、誰かに置いていかれそうな、そんな物悲しい焦りが、冷たい風と一緒に袖口《そでぐち》や襟元《えりもと》に滑り込んで来て、足をすくませる。

もし、今から逢《あ》いにゆく彼が『身も心もとろけるような愛《いと》しい男』だったら、どんなに心弾むだろう。きっとこんな気持ちになるはずがない。世の中には不運や悪意といった、ため息がこぼれるようなことがいろいろあるけれど、自分だけはそんなものとは縁がないといった顔で、待ち合わせの場所へと急ぐに違いない。

ナオは街路樹から目を離し、仕方ないような足取りで、再び歩き始めた。

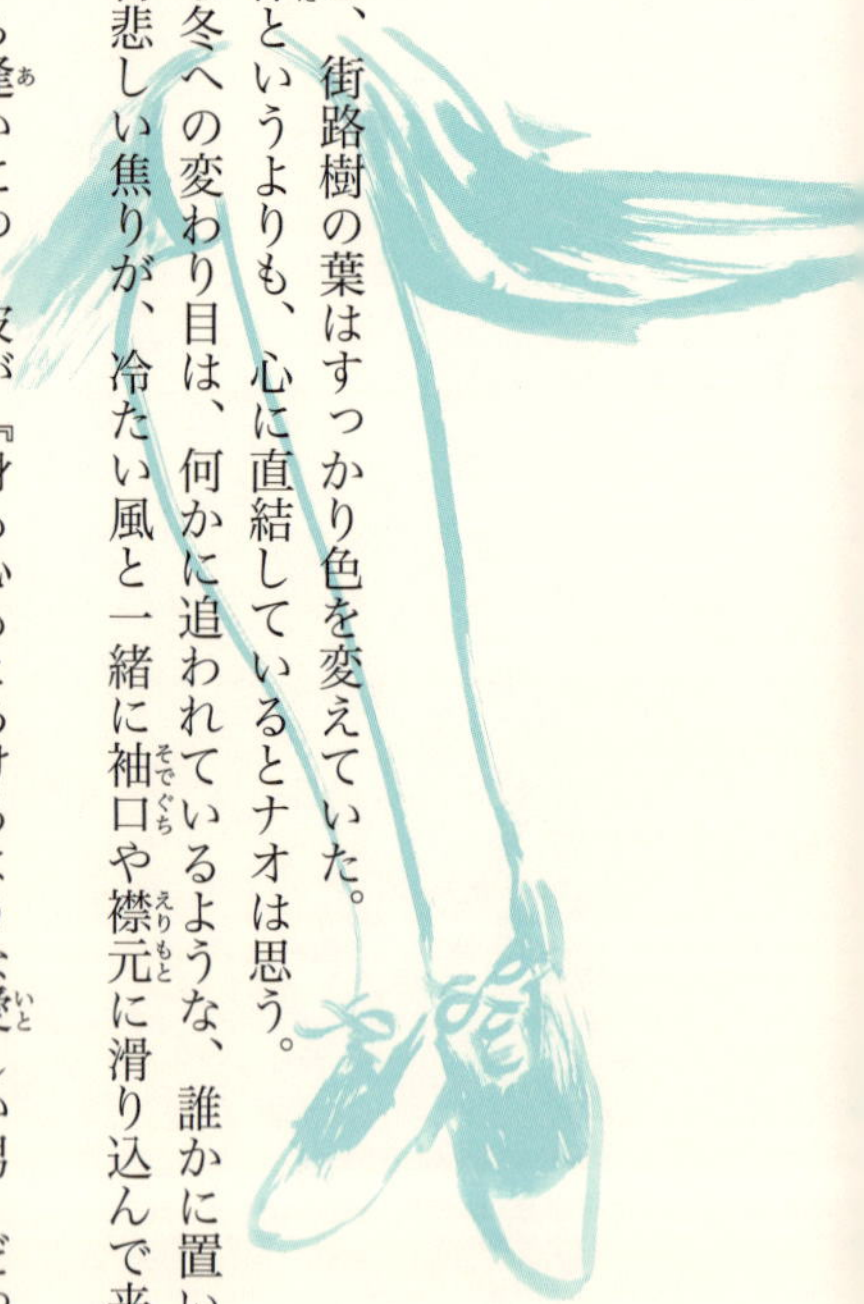

月に一度の割合で、山下《やました》俊《しゅん》太郎《たろう》と会うようになってから、そろそろ一年近くがたとうとしていた。もちろん彼は『身も心もとろけるような愛しい男』ではなく、そんな言

い方をするなら、ナオから『身も心もとろけるような愛しい男を奪った片棒を担いだ男』といえる。

それでも、月に一度、ナオは俊太郎に会いにゆく。そうすることが、あの時、俊太郎と交わした約束だからだ。

待ち合わせの店はいつも決まっている。表参道《おもてさんどう》の通りから一本裏道に入った小さな居酒屋。俊太郎の行きつけの店だ。向かいが児童公園になっていて、ペンキのはげかかったシーソーとベンチとブランコがひとつずつ置いてある。

やや色褪《いろあ》せた藍《あい》色ののれんをくぐり、あまり立て付けがいいとはいえない引き戸を開けて中に入ると、すぐに俊太郎の背中が見えた。

俊太郎が振り向き、いつものように少し困ったような表情で、短く「おう」と片手を上げた。

店は七人掛けのカウンターと、四人掛けのテーブル席がひとつ。髪が半分白いご主人と、色白で太った女将《おかみ》さんがいる。ナオはふたりに「こんばんは」と軽く会釈をして、俊太郎の隣の席に腰を下ろした。

「生中《ナマチユウ》ください。それから厚揚げの焼いたのとつくね、あ、鯨のベーコンもいただきます」

俊太郎のチューハイのグラスはもう三分の一に減っている。枝豆と鰯《いわし》の竜田揚《たつたあ》げ、揚げ出し豆腐の皿を見て、ナオは思わず言っていた。

「また、それ」

「好きなんだから、いいだろ」

会って楽しいわけじゃない。いやなことばかり思い出してしまう。だから、いつも互いに無愛想な態度で接することになる。

これもいつものことだが、ふたりはあまり言葉も交わさない。勝手に好きなものを飲み、食べたいものを食べる。やがて酔っ払って、黙っているのが窮屈に感じるようになると、ぽつぽつと話し始める。そうしていつか議論になっている。テーマはいつも決まっている。男と女だ。

「だから、私はどうにも狡《ずる》いとしか思えないの、男が『俺ってガキだから』って言うのは」

生中を二杯あけて、すっかり目の周りを赤くしたナオが言った。

俊太郎はすでにチューハイ四杯目に突入している。

「男なんていうのは、どれだけ年を取ったってみんな『ガキ』の部分を持ち合わせているもんなんだよ」

カウンターの中で、ご主人と女将さんが呆《あき》れたように苦笑している。

「でも、それを使うのは言い訳の時に決まってる。自分に都合が悪くなると『ほら、俺ってガキだから』って逃げるの」

「つまり、おたくもあの時、それを使われたってわけか？」

ナオは一瞬、黙った。それから女将さんに「熱燗《あつかん》お願いします」と頼んだ。

「そうよ。それを言えば、私が『しょうがないんだから』と許すとでも思ったんじゃないの。甘いんだから」

「で、女の言い訳は『寂しかったから』なんだよな。つまり、悪いのは自分じゃなくて、寂しくさせた男というわけだ。女ってどうして何でも人のせいにするんだろう」

「つまり、あなたもあの時、それを使われたってわけね」

俊太郎はチューハイを飲み干した。

「そうだよ、悪いか」

ナオは熱燗の徳利を傾け、酔いに勢いづいたまま言った。

「ただ、これだけははっきりしてる。あなたがもっと妙子《たえこ》をちゃんとつかまえておいてくれたら、あんなことにはならなかった」

俊太郎ももちろん負けてはいない。

「単に自分の彼氏の手が速いのを俺のせいにするなよ。おたくに何か不満があったから、他の女に目が行ったんだろ」

「ひどい」

「ひどいのは、どっちだよ」

そんなことを言い合った後、再び互いに無口になる。

これもいつものパターンだ。そうしてカウンターに肘《ひじ》をつき、手のひらに顎《あご》をのせて、酔ってくらくら揺れる頭で少し遠い目をする。

「もうすぐだな、約束の日」

俊太郎が呟《つぶや》くように言った。

「そうね」

ぼんやりとした口調で、ナオは答える。

そう、あと少し。あと少しで約束のあの日がやって来る。

*

去年の冬。

ちょうど今頃のことだ。街路樹の葉はすっかり落ちて、遮《さえぎ》るものがなくなった枝の間から冬の月の光が白く差し込んでいた。足元では、落葉が陽気な乾いた音をたてて転がっていた。

ナオは恋人の亮次《りょうじ》と、恵比寿《えびす》で待ち合わせ、よく通っていたイタリアンレストランに行った。その店では、いつも中庭に近い窓際の席に座ることに決めていた。そこでにんにくのきいたパスタとハーブサラダと手長海老《てながえび》のグリルを食べ、帰りにレンタルビデオ屋でビデオを借りて、亮次の部屋に行った。

このところ、週末の夜はだいたいこんな感じで過ごすことが習慣になっていた。

そろそろ付き合い始めて三年になる亮次とは、もしかしたらもしかする、という予感があった。

今までには恋もいくつか経験した。泣いてばかりの恋もあったし、腹をたててばかりの恋もあった。気持ちばかりが空回《からまわ》りした恋も、カラダばかりが求めた恋もあった。それぞれに、その時なりの恋の在り方だったと思う。

二十六歳という今の自分の年齢で結婚を意識するのは、そう不自然なことではないように思えた。もちろん今すぐというつもりはないし、亮次と付き合っているのも何も結婚だけが目的というわけでもない。けれども、何事でもそうだけれど、物事には展開というものがある。そんな意味で、ナオは亮次と自分との展開にある予感のようなものを感じていた。

亮次は取引先の営業マンで、仕事を通じて知り合った。亮次は優しく、ナオをいつも大切にしてくれた。一緒にいると心が安らいだ。亮次となら、長い人生を同じ方向を向いて歩いてゆけると感じた。

そう、あの瞬間まで、それを信じて疑わなかった。

その夜、アパートに着いて、亮次はシャワーを浴びに洗面所に入り、ナオはベッドを背もたれにして床に座り、ピアスをはずした。その時、指が滑ってピアスがベッドとサイドテーブルの隙間《すきま》に転がって行った。やれやれ、と、隙間に手を伸ばすと、指に触れたのはピアスではなかった。ナオはそれを引っ張り出した。小さなハートが連なったブレスレットだった。

それにナオは見覚えがあった。

妙子のブレスレットだ。

妙子は学生時代からの友達で、ずっと仲良く付き合って来た。もちろん、恋人の亮次を紹介していたし、妙子の恋人の俊太郎とも顔見知りだった。

このブレスレットは、俊太郎からのプレゼントで、妙子が「ベッドに入る時以外は決してはずさないの」と言っていたことも、ナオは不運なことに覚えていた。

なぜ、これがここに？

と、不思議がるだけで終われるほど、ナオはもう世間知らずな女の子ではなくなっていた。それで、すべての察しはついた。

「ああ、さっぱりした」

やがて、呑気《のんき》な声で亮次が洗面所から出て来た。

「ナオも浴びて来たら」という言葉を無視して「これ」と、ナオはブレスレットを差し出した。

「何だ、それ」

「わからない？」

「さぁ」

「妙子のブレスレットよ。ベッドとサイドテーブルの隙間に落ちてた」

「え……」

あの時の亮次の顔を思い出すと、今も胃の底がきりきりとねじれそうになる。その表情はあまりに正直に、事態を肯定していた。

「いや、あの、その……」

亮次はしどろもどろで弁解しようとした。その瞬間、ナオはブレスレットを亮次に投げ付けていた。

「自分が何をしたかわかってるの！　妙子は私の友達なのよ」

亮次の目がうろたえ、宙をさ迷っている。

「いや、何て言うか、別にそんなんじゃなくて、たまたまそういうことになっただけで、うん、だから別に大した意味はないんだ」

ますます頭に血が昇って言い返した。

「大した意味はないですって。私の友達とベッドに入っておいて、大した意味はないって、それ、どういうことなの」

その時、亮次が言ったのだった。

「だから、何て言うか、男って大人になりきれないガキのようなところがあって……」

ナオはアパートを飛び出した。

＊

「女はすぐに、寂しいっていうのを盾にするけど、俺だって何も自分の遊びのためにあいつを放《ほう》っておいたわけじゃないんだ」

俊太郎はチューハイのグラスを口に運びながら、ぼんやり宙を眺めた。

「決算が近付いていて、本当に大変な時期だったんだよ。会えないのが寂しいと言うなら、それはお互いさまだろ。なのに、どうして俺ばかりが責められなければならないんだ？　男にも事情があるんだ。それを理解して欲しいって思うのは、無茶な話か？」

「そういうわけじゃないけど」

ナオは少し口籠《くちご》もりながら答える。

「会えるのがほんの十分でもいいの、ちょっと会えればそれで寂しさは紛れるの。そういうこと、好きな彼女にならば面倒がらずにちゃんとしてあげるべきじゃないの」

「その場しのぎで会ったって、慌ただしいだけで少しも楽しくない。会うならゆっくり会いたいんだ。何も会うだけが大事じゃないだろう。電話でもメールでも、コミュニケーションの方法は他にもいくらでもあるんだから」

「でも、会うに勝るものはないでしょ。一時間電話するより、ほんの十分、しっかり抱き締めてもらいたい。女ってそういう生き物なの。どうして男はそんな女の気持ちがわからないのかな」

俊太郎は呆れたようにナオを眺め返した。

「気持ちがわからないと言うなら、女だって同じだろ。どうして女は男の気持ちがわからないんだ。女はいつだって、自分が我慢できないことは棚に上げて男ばかりを責める」

ナオももちろん負けてはいない。

「女はみんな被害者になりたがるみたいな言い方をするのね」

「そんなことはないさ。ただ、男と女っていうのは、もともと違う生き物だろう。身体の構造も違うし、考え方も違う。それぞれの役割を背負って生まれて来たわけだろ。何でも通じ合えるって思う方が無理があるんだよ」

「そうよ、だからこそ会いたいんじゃないの」

「そうじゃないだろう、だからこそ、我慢が必要なんだよ」

＊

驚いたことに、あの次の日、妙子からメールが入った。

『ごめんね、ナオ。そんなつもりじゃなかったの、もののはずみというか、たまたまそんなことになっただけで、別に深い意味はないの。今となったら、亮次くんも私も、どうしてあんなことになったのかよくわからない。たまたま新宿で会って、ちょっと飲もうかという話になって、最近忙しいばっかりの彼のことを相談に乗ってもらってるうちに、何となくそんな雰囲気になっちゃったの。ふたりともすごく酔ってたの。それを言い訳に使うのは狡いと思うけれど……本当にごめん』

つまり、昨夜のうちに亮次は妙子に連絡したというわけだ。亮次としたら、よかれと思ってとった行動かもしれないが、こんなことをされる方がもっとナオを傷つけるということがどうしてわからないのだろう。

『それでね、私、このままじゃ不公平だと思って俊太郎にもすべてを話したの』

ナオは読みながら絶句した。

『だから、これで、おあいこにして』

そのまま頭を抱えてベッドに倒れこんだ。

妙子には確かにそんなところがある。天真爛漫《てんしんらんまん》と言えばいいのだろうか。思いを胸の中に留めておくことができない。今まではそんな無邪気さが好きだったが、今は腹立たしいだけだ。

そんなことをしてどうなるというのだ、傷つける人間を増やすばかりではないか。

＊

「男にとって、恋愛は何番目の椅子《いす》に値するの？」

「難しいことを聞くなぁ。順番なんてつけられないよ。一番の席は確かにあるさ。でも、それはその時その時で入れ替わる。仕事をしてる時は仕事が一番、男友達と飲んでる時は男友達が一番。その時ははっきり言って彼女のことなんか忘れてる。でも、彼女といる時は彼女のことが一番。それでいいだろう」

「何だか、都合のいい言い訳みたい」

「じゃあ考えてもみろよ、たとえば仕事をしている間も常に彼女のことを考えてる男なんてどう思う？　困ったもんだろう」

「確かにそうだけど」

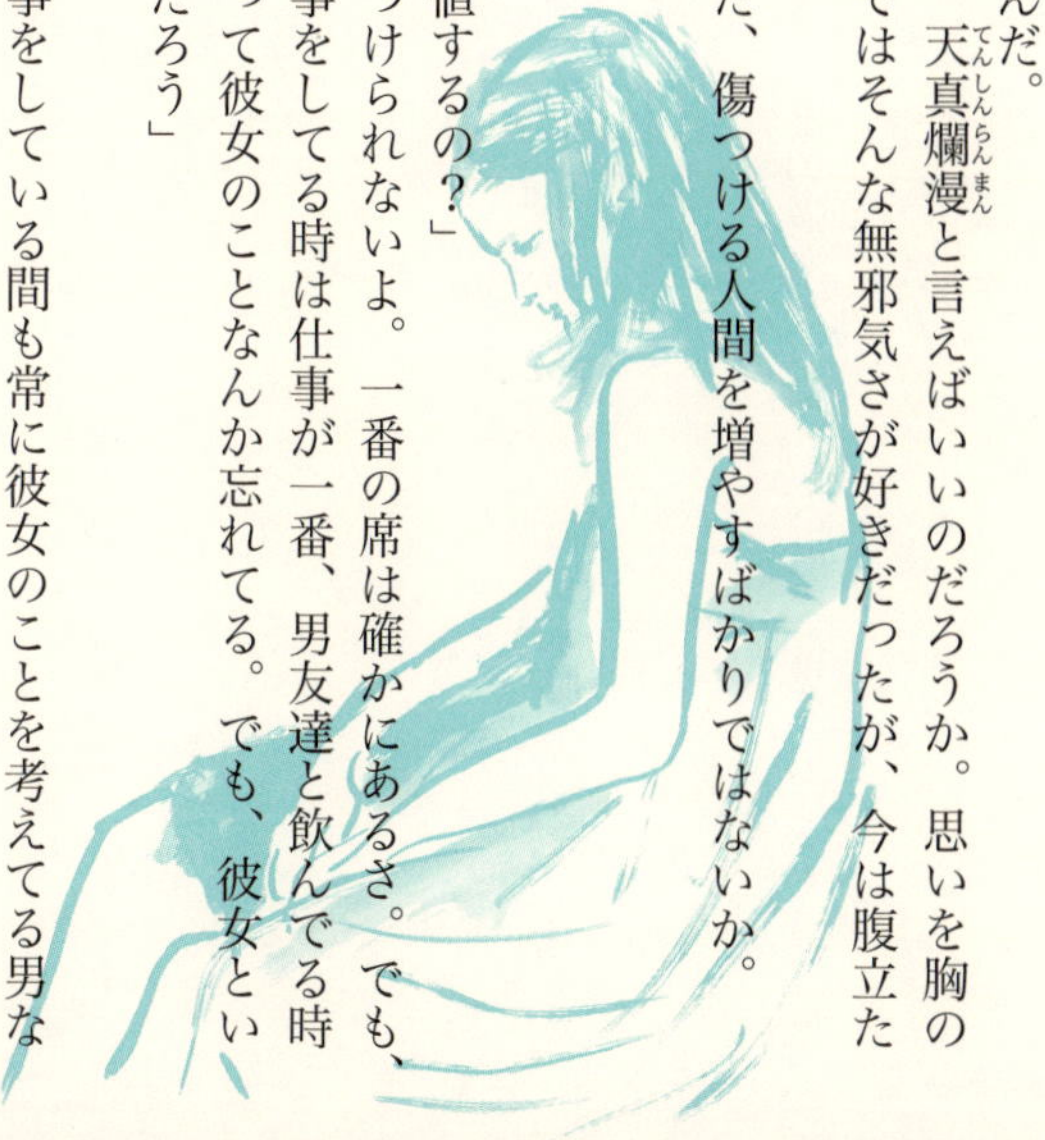

「じゃあ、こっちからも聞かせてもらうけど、女にとってはどうなんだ?」

「女だって、その時々で席は替わる。もちろん仕事で頭がいっぱいのこともあるし、女同士の付き合いも大切に思ってるもの。でもね、恋愛の席はそれとはまったく別のところにあるの。特別席っていうのかな。仕事や友達のことはその時々に順番が入れ替わっても、その特別席には恋愛しか座ることができない」

「ふうん」

「男にはわからないでしょうけど」

「ああ、わからない」

*

あの時、亮次は何度も「ごめん」と謝った。

その言葉に嘘《うそ》はないように思えた。

「本当に好きなのはナオだけだ」「たった一度の過ちなんだ、許して欲しい」「もう二度と、ナオを傷つけるようなことはしない」

けれど、どうしても許せなかった。何もなかったかのようにすべてを終わらせてしまうなんて、どうしてもできなかった。

亮次が本当に好きだったから、深い失望感に包まれた。

ところが、周りの反応は意外なことに亮次の肩を持つ方が多かった。

「そういうこともあるよ、人間だもの」

「それだけ反省してるんだから、一度くらい大目に見てあげたら」

「男の浮気にいちいちカッカしてたら、一生、誰とも付き合えないぞ」

「本当に好きなら、許せるはずだろ」

女友達も男友達も、ナオの気持ちはわかると言いながら、最後にはそう言った。本当にそうだろうか。自分が当事者だったとしても、その言葉をそのまま口にすることができるだろうか。

もし、当事者だったとしても。

＊

「青臭いこと聞くって思うかもしれないけれど」

「思わないよ」

「男と女って、ちゃんと理解し合えると思う？」

「どうかな、たぶん無理じゃないかな」

「やっぱりね」

「男同士だって、女同士だって同じさ」

「そうね、自分のことだってうまく理解できないんだもの、他人のことなんかとても。ましてや男と女なんて」

「そう考えると、何だか少しやるせないけどさ」

「理解し合えないとしたら、必要なのは何なのかな」

「うーん、難しいな」

俊太郎はしばらく考え、こう答えた。

「理解したいと思う気持ち。本当は理解できなくても、それを望む気持ちがある限り、何とかなるんじゃないかな。どうせ理解できないんだからって、放り出したらそれでおしまいだろ」

＊

同じ当事者として、俊太郎はどうしただろう。

妙子を許したのだろうか。それとも別れたのだろうか。

気になり始めると、どうにも確かめたくなった。

もしかしたら、今のナオと同じように、あっさり許すことのできない自分の方がどういうわけか責められるような気持ちに陥っているかもしれない。

知りたいと思った。今、俊太郎が何をどう思っているのか、それを知りたい。

電話で「少し話がしたいんだけど、時間ある？」と、戸惑いながら都合を尋ねると、俊太郎からはざっくばらんな口調で「いいよ」という答えが返って来た。

代々木《よよぎ》公園に隣接するオープンカフェで会った。俊太郎と会うのは久しぶりだった。前に会った時は四人で海に出掛けた時だから、もう半年近くも前になる。あの時、こんな日が来るとも知らず、無邪気に四人で遊んだことが思い出されて、ひどく居心地が悪くなった。

きっと打ちのめされているに違いないと思っていた俊太郎は、結構、飄々《ひょうひょう》としていて拍子抜けした。ナオの顔を覗《のぞ》き込むと、俊太郎はいくらか皮肉な笑みを浮かべた。

「おやおや、元気ないね。まだショックから立ち直れないってわけか」

「おたくのは強がり？」

ナオは少し気持ちを強《こわ》ばらせて言い返した。俊太郎はわずかに苦笑した。

「用事は？」

「こんなことを聞くのは無神経かもしれないけど、知りたかったの、おたくが妙子を許したのかどうか」

俊太郎は眉《まゆ》を顰《ひそ》めた。

「俺、それに答えなくちゃならないのかな」

ナオは首を横に振った。

「答えたくないことは無理して答えてくれることはない。そんな権利、私にはないもの」

「そうか」

「ただ、みんなは許すべきだって言うの。許すのが愛情ってものだって。そうすると、だんだん、そうできない自分が何だか間違っているような気になってくるの」

俊太郎は黙った。

「そんなことにこだわるのは、結局は彼のことが本当に好きじゃないからだとも言われた」

「自分でどう思う？」

「まさか、そんなわけない。本当に好きだから許せないのよ」

「だろうな」

「でもね、彼はたくさん謝ってる。本当にごめんって、心から。そんな彼を見ていると、許せない自分はやはり心の狭い人間なのかなって思ってしまう」

そうして、ナオは真正面から俊太郎を見た。

「それで、私、あれからずっと考えたの」

「どんな？」

「一年の猶予をつけようって」

「猶予？」

俊太郎は不思議そうに首を傾けた。

「もし一年、亮次がずっと私を待っていてくれたら、その気持ちを信じようって」

「唐突だな」

「そうかもね」

「まったく会わずにだろ？」

「そう。みんなは馬鹿げてるって言った。いい歳《とし》をして子供っぽ過ぎるって。でも、私、恋愛にはどこか子供っぽいところが必要だと思う。大人を装って、都合の悪いところはみんな目をつぶってしまうなんてこと、したくないの」

俊太郎はどう答えていいものか迷っているように見えた。

「おたくはどう思う？」

「うーん」

「こんなこと聞かされても困るだけだってことはわかってる。でも、おたくになら私の気持ちをわかってもらえそうな気がして」

しばらくふたりとも黙った。

「でも正直言うと、私、あまり自信がないんだ。そんなことが本当にできるのかって。途中で済《な》し崩しになるか、結局はダメになってしまうか、そのどちらかなんじゃないのかって」

「じゃあ月に一度、それを互いに確認しあうっていうのはどうだろう」

「お互いって？」

ナオは目をしばたたいた。

「それはどういう意味？」

「俺も一年、彼女と会わない」

「えっ……」

「正直言うと、俺も今、君と同じなんだ。どうしていいかわからない。何もなかったようにこのまま付き合えばいいのか、それとも別れてしまった方がいいのか」

「でも」

「これは彼女の気持ちを試すわけじゃない。逆だよ、俺自身の気持ちを試してみたいんだ。俺なりに彼女のことは大切に思ってたから。だから、そうしようと思う」

そうして、俊太郎は少し哀《かな》しい目をした。

「こう見えても、俺だってすごく傷ついてるんだ」

＊

「後悔していない？」

「何を？」

「一年、妙子と会わないなんて私と約束してしまったこと」

「もし、それを後悔だと言うなら、誰かを好きになることはみんな後悔になるよ。あの時、あいつのことなんか好きにならなければよかったたってね」

ナオは小さく笑った。

「そうね、恋って後悔の連続だね」

「こんなはずじゃなかった、との戦いでもあるし」

「なのに、どうして人は誰かを好きになってしまうのかな」

「ほんとだな、いつの間にか好きになってる」

「時には自分でも気がつかないうちに」

＊

「一年、会わない」

　と言った時、亮次は目を見開いて、ナオを見つめ返した。

「本気なのか？」

「ええ、本気よ」

「そんなに僕の気持ちが信じられないのか？」

「違う、信じたいからそうするの。それとも自信ない？　一年も会わなければやっぱり気持ちは離れてしまう？」

「そんなわけないだろ」

「だったら」

　亮次は深くため息をついた。

「それがナオの結論なんだね」

　ナオは深く頷《うなず》いた。

「そうよ」

＊

「男と女にとっていちばん大事なことって何だと思う？」

「一緒に生きてゆくって、どういうことなの？」

「傷つけることと傷つけられること、どっちが不幸と感じる？」

「好きな人より先に死にたい？　それとも、後に死にたい？」

「男の浮気と女の浮気はやっぱり違うの？」

「愛なんて言葉、重すぎて、どんな時に使えばいいのかわからない」

そんな会話を、この一年、俊太郎と繰り返して来た。

それは、まるで亮次と会うまでにしておかなければならない必須《ひっす》科目のような気がしていた。その間に、自分なりにさまざまな答えを見つけておかなければ、意味のない一年になってしまいそうに思えた。

＊

そして今日が約束の日。

一年ぶりで、亮次と会う日だ。

ナオは朝から落ち着かなかった。待ち合わせは夕方だというのに、朝の六時にはもう目が覚めた。

テレビをつけると、夕方から天気が崩れるとの予報を流していた。だったらパンプスは諦《あきら》めてブーツにした方がいいかもしれない。この間買ったショートブーツは、パンツよりもスカートの方が合うから、また着てゆく服を考えなくてはならない。マフラーは冬の初めに一目惚《ひとめぼ》れして買ったカシミヤのきれいなたまご色のを首に巻いて。ああ、バッグはどれにしよう。

待ち合わせの場所は、あの頃、ふたりがいちばん気に入っていたイタリアンレストランだ。

「一年後、いつもの中庭に面した窓際の席で待ってて」

あの時、ナオが言うと、亮次はまじめな目で頷いた。

「わかった。必ず行くよ。僕の気持ちは一年くらいじゃ変わらないことを、きっと証明してみせる」

それを聞いた時、ナオの胸の中には「本当に？」という思いと、それと同じ重さで「きっと来てくれる」という切ない祈りが矛盾しながら重なり合っていた。

ナオは約束のレストランへと向かった。

始まる一年は、気の遠くなるような長さなのに、こうして過ぎ去った一年を考えると、瞬《また》く間だったようにも思える。この一年で、ふたりの何が変わり、何を変えずにいられたのだろう。それを今、この目で確かめることができる。

ナオはレストランのドアを開けた。少し足が震えているのは、寒さのせいばかりではなかった。ゆっくり奥の席に目をやると、そこに懐かしい顔があった。

一年ぶりで見る亮次は少し大人びたように感じた。ツィードのジャケットもシンプルなダークグリーンのネクタイも趣味がいい。ふたつともナオの知らないものだった。

ナオは亮次に近付いた。

「ひさしぶり」

「うん、元気そうだね」

「亮次も」

互いに落ち着かなくて、交わす言葉がぎくしゃくした。

ナオは小さく深呼吸した。

「正直言うと、来ないんじゃないかなって思ってた」

「そうか」

「やっぱり一年って長いもの」

「そうだな、確かに長いな」

それから亮次はワインを注文した。一年前、ナオが好きだったワインだ。

「あの時のこと、もう一度、ちゃんと謝っておきたかったんだ。本当に、ナオにはひどいことをした。たぶん、どこかでタカをくくっていたところがあったんだと思う。黙っていればバレることはないって。バレるバレないじゃない、どんな言い訳をつけようと、僕はナオを裏切った。そのことをもっと重く受け止めるべきだったんだ」

ナオは静かに首を振った。

「もう、いいの。こうして一年の約束を亮次は守ってくれた。それだけで、もういいの」

「でも……」

そうして亮次は口籠もった。

ナオは何だか愛しい気持ちになった。亮次はいつもそうだ。隠し事ができない。だからあの時も、妙子とのことをあんなにあっさり白状してしまったのだ。

ワインが運ばれて来た。

ふたりは乾杯し、グラスを口に運んでから、ナオはわずかにほほ笑んだ。

「亮次、わかってる、あなたが何を言いにここに来たのか。さっき、亮次の顔を見たらすぐ」

亮次はハッとしたように、顔を上げた。

「ごめん。あの時、あんなに言ったのに、結局、約束を守れなかった」

「いいのよ」

ナオは答えた。

一年たったら許してあげる。

そんな無謀な約束を口にした時から、もう、結論は出ていたのだ。亮次の気持ちがどの程度のものかと計ろうとした瞬間に、もうこの恋は終わっていたのだ。

「好きな人がいるのね」

「ああ」

「どんな人？」

「学生時代の後輩で、半年くらい前にサークルの同窓会で会ったんだ」

「そう」

「ナオにひどいことをしたって、ずっと胸が痛かった。本当だ。あの時のことは、本当に悪かったと思ってる。彼女はそんな僕の話をよく聞いてくれた。意見もいっぱいされたよ。叱《しか》られたこともある。つい頭に来て、反論して、それが昂《こう》じて言い争う時もあった。そうしているうちに、だんだん、彼女が僕にとってなくてはならない存在になっていったんだ。もちろん、僕の気持ちはまだ何も伝えてない。今日、ナオと会って、すべてはそれからだと思ってる」

ナオはようやく気がついた。いや、本当はもうずっと前から気がついていたのに、知らない顔をし続けて来た。

「亮次、ごめんなさい。謝るのは私の方。私、間違っていた。あの時、私たちがしなければならなかったのは、そういうことだったんだね。もっとぶつかって、話し合って、たくさん抱き合って、キスして、ケンカして、そういうことを繰り返して、ふたりで答えを見つけなきゃならなかったのよ。一年間会わないで、ふたりのことなのに、ひとりで答えを見つけようだなんて、それはやっぱり間違ってた」

亮次はどこか安堵したような顔をしていた。どこまでも正直な亮次に、またナオは少し笑ってしまう。

「でもね、本当を言うと、相手が妙子じゃなくてホッとしてる」

「当たり前だろう。彼女とはあれから一度も会ってない」

「じゃあ、妙子がどうしてるかも？」

「ぜんぜん知らないよ」

今頃、俊太郎と妙子もどこかで会っているだろう。そうして、どんな結末を迎えているだろう。

「でも、ふたりはあれからすぐに別れたって聞いたよ。別れたっていうか、彼女が他に男を見つけたらしいけどね」

ナオは思わず顔を上げた。

「それ、いつ頃のこと？」

「本当に、あれからすぐだよ、春になる前だったと思う」

そんな前に別れていたなんて。俊太郎は今まで一言も口にしていなかった。

何も言わずに、毎月、ナオに付き合ってくれていたのだ。そうして何も言わず、亮次と会うこの日を迎えさせてくれたのだ。

「ありがとう、亮次」

「え？」

「来てくれて嬉《うれ》しかった。でも私、行かなくちゃ」

「どこに？」

「本当に行かなければならないところに。ごめんね、じゃ」

ナオは椅子から立ち上がった。

冬の風がナオの背を押している。

ブランコがほんの少し揺れて、そのたび、ナオの心も切なく揺れる。

ナオは居酒屋の前の小さな公園の中にいた。俊太郎はまだ店には来ていない。

ふと、雪が舞い下りて来るのに気がついた。顔を上げると、街灯の明かりを受けて、クリスタルのようにその結晶を輝かせている。ナオは手のひらを広げて、雪を受け止めた。雪は手の温《ぬく》もりにすぐに溶けて、小さなしずくになった。

大切なものを、どうすることが大切にすることなのか、あの時、ナオにはわからなかった。

何もしなければ、すべてはたぶん、この手のひらの雪のように溶けて消えてしまう。

そうしたくないなら。

そうしたくないから。

駅からの道を、こちらに向かって歩いて来るシルエットが見えた。それが誰のものであるか、ナオはもうとうに気づいていた。

アスファルトの道路は、パウダーがはたかれたようにうっすらと雪に覆われている。

俊太郎の後ろに続く足跡が増えるに従って、少しずつ、けれど確実にナオに近付いてくる。

俊太郎が公園の前で戸惑うように立ち止まり、ナオを見つめた。

ナオもまたその目を見つめ返した。

ブランコから立ち上がるナオと、公園の中に入ってくる俊太郎の距離が縮まってゆく。

雪は静かにやわらかく、ふたりを包み込むようにはらはらと舞い続けている。

今年の冬、初めての雪だった。

あしたまでの距離

英子《えいこ》（1）

こんなはずじゃなかったのに。

最近、これが高瀬《たかせ》英子の口癖になっている。

胸の中で呟《つぶや》くだけならまだしも、実際、ため息と一緒に口から出てしまい、慌てることもある。

特に今日みたいな日は——。

雑誌記者をしている英子は、新宿のソープランドで働く女の子を取材している。彼女はプリンちゃんと言って、店のナンバーワン。月に百万以上も稼ぐという。二十歳というふれこみだが、顔にはまだあどけなさが残っている。もしかしたら、年をごまかしているのかもしれない。

「まず、最初の質問ね。プリンちゃんはどんなお客さんが好き？」

メモを片手に、英子は愛想よく尋ねる。相手をリラックスさせること、これがインタビュアーの鉄則だ。

「好き嫌いはないなぁ。私、誰とでも、どんなプレイでも受け入れOKだから。強いて言えば、チップを弾んでくれるお客さんかな」

と言って、くふくふ、とプリンちゃんは首をすくめた。

「なるほどねぇ、そりゃそうよねぇ。ところでプリンちゃん、すごい売れっ子なんだってね。でも、そんなにお金を稼いでどうするの？　もしかして、故郷にいる病気の両親に仕送りをしているとか、弟を大学に行かせるための学費とか？」

もちろん本気でなく尋ねたわけだが、案の定、あっけらかんと彼女は笑った。

「まさか、そんなわけないじゃない。私ね、カレシとお店を持つ夢があるの」

「へえ、どんなお店を持つの？」

「それはまだ決めてないけど」

「カレシは何をしてるの？」

「ホスト」

「それは、また……」

「だからね、店の資金もためなきゃいけないし、カレシの売り上げにも貢献しなきゃいけないし、これでも私、結構大変なの」

思わず、英子は言っていた。

「ねえ、もしかしてそれって、騙《だま》されてるんじゃないの。よくあるパターンだと思うよ。あなたもよく考えた方がいいって。男に食い物にされるだけだと思うなあ」

プリンちゃんがきょとんとしている。コンビを組んでいるカメラマンが、英子をムッとした表情で睨みつけ、「さあ、撮影に入ろうか」と女の子に満面の笑みを向けた。

「顔は出ないから大丈夫だよ。えっと、肩ヒモ下ろしてくれる？ うん、そうそう。もうちょっと下げて。ねえ、思い切っておっぱい出しちゃおうよ。キャミソールの上からでもわかるよ、プリンちゃんのおっぱいがどんなに可愛いか。みんなにも見せてやろうって。そうそう、わぁ、本当にいいおっぱいだねえ。おじさん、くらくらきちゃう」

取材を終えて、カメラマンとふたり、歌舞伎町《かぶき》の喧騒の中を駅に向かって歩いて行くと「いい加減にしろよな」と、言われた。

「すみません……」

英子はぼそぼそと答えた。確かに、もう十年近くもこんなことをやっているのだから、いちいち本気にならず、さらりと聞き流してしまえばいいのに、なかなかそれができない。つい腹を立てたり、意見をしたくなってしまう。

「あの子にはあの子なりの事情があるんだし、彼氏が生きる支えになってることだってあるだろ。おまえは自分を何様だと思ってんだよ。俺たちはこれでメシ食ってるんだ、えらそうな説教たれる前にそこんとこちゃんと自覚しろよ」

　カメラマンと駅前で別れ、英子は編集部に戻るために山手線に乗った。

　こんなはずじゃなかったのに。

　車窓に映る自分に向かって、英子は口の中で呟く。

　十年前、それなりの難関をくぐり抜け、中堅の総合出版社に入社した。海外の絵本や童話の翻訳に関わりたいという夢を持っていたからだ。

　けれども、配属させられたのは男性週刊誌だった。芸能人のスキャンダルと、風俗関係の取材を担当させられた。新米のうちは何でも経験だと思うようにした。どんな仕事でも、一生懸命やればいつか希望の部署に異動させてもらえると信じていた。だから、異動の季節が近づく度、上司に配属替えの希望を提出した。望みがあるからこそ今の仕事も頑張って来られたのだ。ところが先日、会社は児童書のセクションを、業績不振と不景気を理由に撤退を決めた。

　それ以来、何事にも気が乗らず、英子は脱力の毎日を送っている。

　車窓に映る自分の顔を、英子は改めて眺めた。眉間《みけん》に縦ジワが寄っているのに気づいて、慌てて指で伸ばした。最近、何だか人相が悪くなって来たように思う。

　確かに仕事の状況は不本意だ。けれど、すべての人間が自分の好きな仕事に携われると信じるほど子供でもない。ただ、そんな不条理を受け入れるにはバランスが必要だろう。そう、仕事とプライベートのバランスだ。

足りないものは恋かもしれない、と英子は思う。仕事以上に自分を熱くさせる恋があれば、また違った気持ちになれるかもしれない。

学生時代から付き合っていた恋人は、仕事に追われ、デートの時間もままならない英子に見切りをつけ、さっさと巻き髪系のコンサバな女に乗り換えていった。それから短いスパンで付き合った相手は何人かいるが、いつの間にか連絡が遠のいたり、相手が妻子持ちだったり、唐突に「ごめん」と言われたりして終わってしまった。

英子はぼんやり考える。

こんなことで、私の人生、本当に大丈夫なのだろうか。

好きな仕事をしているわけでもない。それに勝るような恋をしているわけでもない。結婚だってできるかどうか。電車に乗っているように、このまま黙って揺られていれば、ちゃんとどこかに到着するのだろうか。したとして、そこはいったい、どこなのだろう。

週末、両親の家に帰った。

父親が還暦を迎えたので、そのお祝いのためである。三つ上の姉、美菜子《みなこ》も、夫と子供の幸太郎《こうたろう》と一緒にやって来るという。

久しぶりにはくスカートは、どこか心許《こころもと》なかった。電車のシートに座っていても、いつもの癖でつい膝頭が緩んでしまい、慌てて力を入れた。仕事柄スカートをはくことはほとんどないが、実家に帰る時だけはそれを選ぶようにしている。その方が、何となく両親が嬉しそうな顔をするからだ。

両親や姉には、仕事の内容については何も話していない。さすがに、芸能人スキャンダルや風俗関係とは言いにくく、辞書を作っている部署にいると嘘をついている。

嘘、そう、それは確かに嘘だけれども、見栄や虚栄ばかりでついているわけでもない。小さい頃からそれなりに優等生で通って来た英子に、両親はまだ幻想を抱いているところがある。「ちゃんとしたお嬢さん」という幻想だ。以前はそれを窮屈に感じて反発したこともあったが、今は思いも変わった。風俗の取材だなんて、両親が聞いたらどんなに困惑するか。ふとした拍子に「ふたりとも、年を取ったなぁ」と胸の隅がちくりと痛む。そんな両親に心配をかけたくなかった、失望させたくなかった。

久しぶりで家族全員が顔を合わせ、食卓は賑やかなものになった。父は赤いちゃんちゃんこの代わりに赤いセーターを着て、ビールとワインで顔まで赤く染めている。母も今夜はめずらしく酔っている。

食事を終えてから、姉とふたりで後片付けをした。居間では父と姉の夫がナイターを観戦し、母は幸太郎を寝かしつけている。

「仕事どう?」

姉の言葉に、英子は皿を拭く手を止めた。

「うん、まあまあかな」

「不規則なんだって? 母さん、電話してもぜんぜんつながらないって、心配してたわよ」

「編集ってそういう仕事だから。残業も休日出勤も当たり前。人権無視の過酷労働」

少々おちゃらけた口調で言うと、姉は目を細めた。

「でも、そういうの聞くと、何だか羨ましい」

「羨ましい?」

英子は思わず目をしばたたいた。

「私も、あの時、会社を辞めずにおけばよかったかなぁって」

「だって、ねえさん……」

姉はすぐに言葉を引き継いだ。

「うん、そうなんだけどね。自分で選んで家庭に納まったんだし、今はそれでとっても幸せなのよ。でもね、時には考えるわけ。英子みたいに自分で稼いで、自分で使って、自分のために生きるっていう道もあったんだなって」

英子は黙って食器を食器棚に入れた。

もし姉が、自分の幸せを完璧に肯定して「結婚はいいわよ、英子も早くしたら」みたいなことを言ったら、きっとひどく反発していただろう。姉だって、それくらいはわかっているはずだ。だからと言って、逆にこんなふうにストレートに羨ましがられると、むしろ姉の生活がとても満ち足りているように感じられてしまう。

英子だって考えている。結婚だっていつかはしたい。できたら三十五歳ぐらいには、などという予定も頭の中では立てている。残るはあと三年。二、三年付き合うことを考えると、もう猶予があるとも思えない。いったい自分はどうなるのだろう。

わかっているのは、仕事も恋も、思い通りになるものは何ひとつない、ということだけだ。

姉が不意に話題を変えた。

「そうそう、さっき道でばったり、まどかちゃんと会ったわ。結婚したんですって」

「へえ、あのまどかが」

オクテで、童顔のまどかは、高校生になっても中学生ぐらいにしか見えなかった。あのまどかもついに結婚か、と、少しばかり胸がざわついた。

「英子の連絡先教えてって言われたから、電話番号、伝えておいた。ずっと会ってないから、ゆっくりお喋りがしたいなんて言ってたた」

「わかった」

友達付き合いもここのところご無沙汰だ。二十代から三十代前半って、自分のことで手一杯で、友人の思いや悩みまで受け止める余裕がない。仕事に恋愛、結婚、子育て。みんな向いている方向がばらばらで、どうせ話しても埒《らち》が明かないと思ってしまう。まどかも口ばかりで連絡してくることはないだろうと踏んでいた。しかし、それから一週間ほどして、電話が鳴った。

「もしもし、英子？　私よ、まどか。久しぶりぃ」

やけに明るい声だった。

莉沙《りさ》（1）

こんなはずじゃなかったのに。

煙草の煙を長く吐き出しながら、住田《すみた》莉沙は呟いた。

従業員通用口のゴミ箱に腰を下ろし、夕暮れ迫る薄墨色の空をぼんやり見上げている。午後の混雑が終わり、夕食時の客が来る前の、ほっと息をつける貴重な休憩時間だった。まったくもって、午後のファミリーレストランは戦場のようだ。母子連れが何組も集まって、フリードリンクのコーヒーやジュースを飲みまくる。子供らはテーブルの間を縦横無尽、我が物顔で走り回る。母親はそれを注意するどころか、自分たちのお喋りに夢中で放ったらかしだ。その嬌声《きょうせい》たるや女子高生以上のテンションだ。

時々、母親たちにとことん説教し、やんちゃな子供の頭にヘッドロックをかけたくなる。

「自分の子供の面倒ぐらい見たらどうなの！」

「このガキども、静かにしろ！」

以前の自分だったらきっとそうしていただろう。

すっかりちんまりした人間になってしまったなぁと、莉沙は自分を振り返る。

小さい頃から、言いたいことは抑えておけない性質《たち》だった。親にも、先生にも、こうと思ったことは何でも口にした。「なぜ、名簿は男子が先で女子が後なのか」と質問した時は、先生を絶句させた。

それが今では、何があろうと愛想笑いで客を迎えるファミリーレストランの店長である。我ながら、人は変わるものだと思う。

インテリア関係の専門学校を卒業してから、希望通り家具デザイン事務所に就職したものの、五年あまりで倒産した。次の就職が見つからないまま、中継ぎのつもりでファミレスのバイトを始めたが、その時は、こんなに長く働くつもりは毛頭なかった。それなのに、いつか店長という肩書きまでつくようになっている。

あの時、店長になるのをどうして断らなかったのか。その後悔がある一方で、引き受けたからこそこうして平穏に暮らしていられるのだ、という思いが天秤の右と左に載っている。

本当はカフェをやりたい。

と言ったら、笑われるだろうか。

小さくてもいいから、落ち着けるカフェを持ちたい。食器も、テーブルや椅子も、みんな自分のセンスでまとめ、自家製のパンケーキやマフィンやシフォンケーキに、何と言っても最高のコーヒーを出す。そこで着るマオカラーの白いシャツと、黒い帆布のショートエプロンも、どれにするか決めている。

けれど今は、資金はもちろん、気力の方もすっかりエネルギーを失い、諦めの気持ちの方が先に立つようになっていた。


夜、くたくたになってアパートに戻ると、尚之《なおゆき》が夕食を作って待っていた。

「おかえり、今夜は高菜チャーハンと、ワンタンスープだよ。すぐ温めるから、先に着替えておいでよ」

「うん、おなかぺこぺこ」

莉沙は奥の六畳間に行き、いつものジャージを手にした。洗ってくれたのか、洗剤のいい匂いがする。

　久間《ひさま》尚之は九歳年下の二十三歳。以前、莉沙のファミレスにアルバイトに来たことで知り合った。熱烈な恋愛というわけではないが、何となく気が合い、何となく付き合い、何となく一緒に暮らし始めるようになった。尚之はハンサムというわけではないが、優しいし、話していて楽しい。家事を嫌がることなく引き受けてくれるのも、仕事が忙しい莉沙にとっては重宝な存在だ。

　一緒に暮らし始めてもう一年がたった。性格的に不満はないが、ただひとつ難点と言えば、尚之がフリーターということだろうか。大学を一年で中退してから、定職につかず、今はレンタルビデオ屋でアルバイトをしている。

「ビール飲む？」

「うん、飲む、飲む」

　はしゃいだ声を上げながらも、こんな生活をしていて本当にいいのだろうか、という疑問は、莉沙の胸にいつも靄《もや》のように漂っている。

「莉沙？」

　三人連れの客に注文を取りに行き、声を掛けられてびっくりした。顔を向けると、その中に、高校時代の友人、まどかがいた。

「あ……」

「びっくり、こんなところで会うなんて。へえ、店長やってるの」

胸のプレートに、まどかは珍しそうに目を向けた。

「まあね」

莉沙は居心地の悪い思いで答えた。

「意外だな、莉沙がこんな仕事をしているなんて」

これは皮肉だろうか、嫌味だろうか。

「私もそう思うよ。えっと、ご注文をお伺いします」

「ああ、そうね。じゃあ私はAランチ」

まどかの友人たちも、それぞれに好きなランチを口にした。莉沙は、マニュアル通り、注文の品を繰り返した。

「以上でよろしいですか？」

厨房にオーダーを入れてから、どうにも遣り切れない気持ちになり、莉沙は通用口から外に出た。ポケットから煙草を取り出して一本吸う。煙が目に染みた。

別に、まどかが悪いわけじゃない。店に来たのも偶然だろうし、口から出た言葉だって悪気があってのことじゃないだろう。それでも、気持ちは落ち込んでいた。

その落ち込みの原因は、自分がファミレスの店長だからというわけじゃない。この仕事にちゃんと胸を張れないでいる自分が恥ずかしかったのだ。

来るものが来ない。

それから数日してからだった。莉沙は何度も指を折って日数を計算してみた。生理がもう一週間も遅れている。不安な予想が頭に渦巻いた。

もし、そうだったらどうしよう。

もちろん、こんな状態で子供なんか産めるはずがない。将来なんて考えられるはずのない今の暮らしだ。

とにかく、ひとりであれやこれや考えても埒が明かないと思い、尚之にそれとなく伝えてみた。

「あのね、私、もしかしたら、もしかしたかも」

「もしかしたって、何？」

「だから、ほら」

「え、何だよ」

「……ベビィがね」

「えっ、えっ、えっ」

驚いたことに、尚之の手放しで喜ぶ声が返って来た。

「やった、やった！　そうか、そうなんだ。赤ん坊ができたんだ。俺、子育てっていうの、一度やってみたかったんだ。それで、いつ生まれるの？　待ち遠しいなぁ」

その呑気さに、莉沙は呆れ果てて思わず尚之の頭をひっぱたいた。

「痛っ。何すんだよ」

「無責任なこと、言わないで！」

莉沙は声を張り上げた。子供を育てるとはどういうことなのか、ちゃんとわかっているのだろうか。自分はフリーターという立場なのに、あっけらかんと喜ぶ神経が理解できない。出産や子育てにかかる労力や費用のことを考えたら、もっと慎重になるはずだ。

そんな思いをぶつけると、尚之は笑顔を作った。

「そんなの、何とかなるって。案ずるより産むが易しって言うだろう」

ますます腹が立ってきた。

「いやよ、私は子供なんていらない」

莉沙の実家は総勢八人という大家族だ。両親に、姉がふたり、兄がひとり、そして弟と妹もひとりずついる。親やきょうだいたちを疎んでいるわけではないが、幼い頃から何度も思ったものだ。

「どうして両親はこんなに子供を作ったのだろう」

いつも家の中は足の踏み場もない状態だった。部屋はものでに溢れ、大事なものが見つからない。プライバシーなんてないも同然だった。願いはたったひとつ。どんな小さなスペースでもいい、自分の城を持ちたいということだった。もしかしたら、それがカフェへの夢と繋がったのかもしれない。とにかく、今の自分には子供を産むなんて考えられなかった。

だから三日後に、生理が来た時は本当にほっとした。ショーツに滲《にじ》む赤いしるしを見て、胸を撫で下ろしながら、このままじゃいけないと痛切に思った。

このままではカフェを持つどころか、尚之の面倒をみるのに手一杯の人生になってしまう。尚之は優しい。でも、それだけでは解決できないことがたくさんある。それがわかるぐらい自分も大人になった。

ちゃんと考えなければ。自分の夢を。自分のこれからを。自分の人生を。

それからしばらくして、店に再びまどかが現れた。

「私ね、結婚して、こっちに越して来たんだけど、友達もなかなかできなくて不安だったの。だから莉沙と会えてすごく嬉しかった」

ソファに腰を下ろすと、注文より先に、まどかは言った。

「よければ、いつでもどうぞ」

「ねえ、英子のこと覚えてる？」

唐突に名前が出て、莉沙は戸惑った。

「うん、覚えてる。優等生でお嬢さまの英子でしょ」

「そうそう、あの英子」

あの頃、自分と英子は対照的な存在だったように思う。今となってみれば、子供っぽい意地の張り合いとしか思えないが、お互いにどことなく存在を意識し合っていた。

「今度ね、英子がうちに遊びに来るの。ねえ、莉沙も来ない？　英子もきっと喜ぶと思うな」

莉沙は思わず首を振った。
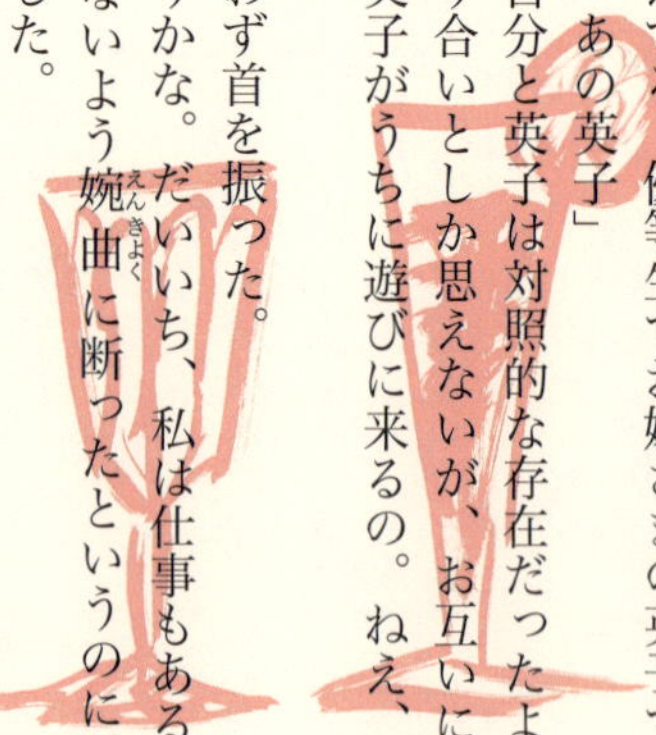
「それはどうかな。だいいち、私は仕事もあるし……」

角が立たないよう婉曲《えんきょく》に断ったというのに、まどかはわざわざトートバッグから手帳を取り出した。

「じゃあ、莉沙の都合のいい日を教えて。英子とうまく合う日を調整するから。いつならいいの？」

まどかは昔からこういうところがあった。気がいいのか、意地悪なのか、とにかくお節介なのだ。相手の心の裏側に何があるかを想像することができない鈍感さ。返事を濁らせていると、まどかは屈託なく言葉を続けた。

「実はね、石坂《いしざか》くんも呼ぼうと思ってるの」

莉沙は思わずまどかの顔を見直した。

「忘れちゃった？　高校時代のみんなの憧れだった石坂秋史《あきふみ》くん」

忘れるはずがない。あの頃、莉沙も彼に夢中だった。

「彼ね、偶然、うちのダンナの大学の後輩だったの。せっかくだから、懐かしい顔を揃えて、プチ同窓会なんてどうかなって思ったんだけど、やっぱり都合悪い？」

莉沙は、さりげなさを精一杯装った。

「そうねえ、まどかがそこまで言うんだったら、何とかできないこともないけど」

英子（2）

まどかのマンションの前に立ち、英子は腕時計を覗き込んだ。

まだ約束の時間には二十分ある。予定よりかなり早く着いてしまった。どこかで時間を潰そうかと思ったが、近くに喫茶店も本屋も見当たらない。今更駅前まで戻るのも面倒で、結局、チャイムを押した。

「いらっしゃい、久しぶり」

ドアから顔を出したまどかは、何だかやけに輝いていた。高校生の頃はあまり目立たず、どころか、どちらかと言うと地味でダサい女の子だった。それからすると見事な変身ぶりだ。幸せな結婚をしている証拠なのだろう。

「ごめんね、ちょっと早く着いちゃって」

「平気平気、どうぞ上がって」

まどかに招き入れられ、居間に通された。

すぐにキッチンから、まどかの夫、河野《こうの》明《あきら》が顔を出した。

「いらっしゃい」

「今日はご招待ありがとうございます」

英子は礼儀正しく頭を下げた。

「彼ったらね、得意のパスタ料理を振舞うんだって、張り切っちゃってるの」

まどかの声が甘々になる。

「それは楽しみ」

「いやいや、あんまり期待しないでくださいよ。どうぞ、ソファで飲み物でも」

「じゃ、遠慮なく」

まどかの夫を見るのは初めてだ。感じのいい人ではあったが……こんな言い方をするのは傲慢極まりないが……中肉中背、髪は七三分け、胸にワンポイントのポロシャツという、見るからに平凡なサラリーマンだった。見合い結婚だったと聞いているが、さもありなん、という印象だ。

「そうそう、莉沙からさっき連絡が入ったの、ちょっと遅れるって。仕事が長引いたんですって」

「そう」

莉沙と会うのは卒業以来だ。個性的で、ちょっとワルっぽいところがあった莉沙は、自分とは対照的な位置にいた。あの頃、それなりに話したりはしていたが、心を通わせるほどの仲にはなれず、卒業してからずっと疎遠になっていた。

「これ、お土産《みやげ》。シフォンケーキ」

英子は持参した包みを差し出した。

「ありがとう。このお店のは有名なのよね。さすが英子、選ぶものもセンス抜群。せっかくだから、デザートで出させてもらうね」

まどかがキッチンに入ってゆく。

英子はソファに腰を下ろし、部屋を見渡した。いかにもまどかの好みらしく、白い家具で統一されている。それは決して垢抜けた趣味とは言えないが、テーブルにもチェストにも甘やかな温度が感じられた。自分の住むワンルームのマンションにはない、地に足が着いた生活や暮らしというものがここではきちんと育まれている気がした。

「やだ、焦げちゃう」

まどかのはしゃいだ声に、英子はふと顔を向けた。キッチンは対面式になっていて、ここから、ふたりが仲睦まじげにあれこれと料理の準備をしているのが見える。気恥ずかしいような、羨ましいような思いが湧いて、英子は慌ててベランダに目をやった。

　まどかは結婚と同時に会社を辞めて、今は専業主婦の身だ。夫のために食事を作り、掃除や洗濯をし、ずっとやりたかったというフランス刺繍の教室に通い、週末は友人を招いて小さなパーティを催す。そんな暮らしをしていることは、先日の電話で聞いた。

　今の自分とは対極の生活だ。英子は思わず息を吐く。毎日仕事に追われ、昼も夜も週末もあったもんじゃない。部屋は散らかったままだし、食事はコンビニ弁当かスーパーのお惣菜。もう一度通いたいと思っている英会話スクールは、入会申込書が机の上で一年前から埃をかぶっている。仕事が一区切りついたら、と、いつも自分に言い聞かせているのだが、そんな区切りは来たことがない。

　こうしていると、まどかの生活もいいな、と思ってしまう。ここでは時間がゆったりと流れている。日常の中にある、あれもしたい、これもしたい、が、みんな叶《かな》えられそうな気がする。

　働くことを厭《いと》う気はないし、自分の食い扶持《ぶち》は自分で稼ぐ、も当たり前だと思っている。それは胸を張ってもいいはずなのに、こうしてまどかを見ていると、割りを食っているような気分になった。自分の食い扶持は「夫」に稼がせる、そっちの方がずっと楽しく生きられるのではないかという気がしてくる。

　その時、チャイムが鳴った。まどかがインターホンに出ると「石坂です」という声が聞こえた。

英子はいくらか緊張した。石坂秋史。高校時代、人気の男の子だった。英子もひそかに心を寄せていた。もちろん青臭い恋心ではあったけれど、再会すると決まってからずっとそわそわしていた。

偶然、秋史がまどかの夫の大学の後輩ということがわかり、今日のプチ同窓会に至ったのである。

秋史はどんなふうになっているだろう。憧れは、だいたいにおいて落胆に終わる。だから期待はしないでおこうと思っていたのだが……姿を現した秋史を見て、英子の胸は一気に弾んだ。

「おっ、久しぶり」

卒業して十四年。イメージは少しも損なわれることなく、秋史はそこにいた。いや、大人になった分、あの頃より落ち着きが加わって、いっそう男っぷりが上がったように見えた。

「ほんと、元気だった？」

英子は動揺を悟られないよう、平静さを装いながら尋ねた。

「うん、何とかかね」

まどかが、秋史にもソファに腰掛けるよう勧める。

「ごめんなさい、お料理、もう少しかかりそうなの。しばらくふたりで話しててくれる？」

まどかがキッチンに入ってゆく。

「高瀬、ちっとも変わらないな」

言いながら、秋史は英子の向かいに腰を下ろした。それは褒め言葉と受け取っていいのだろうか。いいに決まってる、と、自分に言い聞かす。

「石坂くんだって」

そこから会話は、互いの近況報告となった。

「今、仕事は何をしてるんだ？」

「出版社に勤めてるの、編集者をね」

「へえ、雑誌とか小説とか？」

「ううん、辞書を作ってるの……」

口が裂けても、ソープの女の子をインタビューしてる、とは言えない。

「すごいなぁ」

「地味な仕事よ」

「でも、高瀬らしいよ」

「そうかな」

「高瀬は昔から、面倒なことでもちゃんと引き受ける性格だったからな」

　英子は目をしばたたいた。

「今も覚えてるよ、卒業アルバムの製作委員、誰もやる気がなくてさ、みんな見て見ぬふりしてたのに、高瀬はひとりで頑張ってた。受験もあるっていうのにさ。俺、感心してたんだ」

　英子は思わず胸が熱くなった。

　そう、あのアルバム作りは本当に大変だった。誰も協力してくれなくて、途中で何度も投げ出したくなった。でも、頑張らなくちゃと自分を叱咤激励した。やり遂げてよかった。ちゃんと秋史は見ていてくれたのだ。

「でも私、付き合いにくいって、ちょっとみんなから敬遠されてたような気がする」

「そんなことないさ、高瀬に憧れていた男子、結構いたと思うよ」

「そうかな」

　秋史からそんな話を聞かされるなんて思ってもいなかった。もちろん、気分はとてもいい。

「石坂くん、仕事は？」

「食品会社の輸入部門にいるんだ。小麦に大豆にコーヒー豆、そういうものを担当してる」

輸入、という言葉に英子は「あら」と思った。秋史が名刺を差し出した。英子も知っている一流商社の名が書かれていた。

「じゃあ、海外出張なんかもあるんだ」

「一年の半分以上は海外だよ。年がら年中時差ぼけで参ってる」

海外の絵本の翻訳を手掛けたい、というのが英子の夢だ。勤めている出版社はその部門から撤退してしまったが、ささやかながら、秋史と共通するものを見つけられたような気がして嬉しくなった。

「分野は違うけれど、私も、海外の童話や絵本を日本に紹介できたらいいなあってずっと思ってたの」

「へえ」

「実現するのは難しいけどね」

「いいじゃないか、やれよ。夢は叶えるためにあるんだからさ」

秋史は、さらりといい言葉を口にした。けれど、そう簡単にできるはずがないことぐらい、英子はよくわかっている。

「じゃあ、もし今度海外に行って、目についた本があったら紹介してくれない？」

「いいけど、俺なんかそういう素養はないよ」

「難しい本じゃなくて、絵本や童話だもの。目に映ってピンと来るものでいいの。むしろその方がいいの。結局、そういうストレートな印象が子供たちに伝わるのよね。もちろん気が向いたらでいいの、無理はしないで」

図々しい奴、とは思われたくない。でも、これを約束すれば、次に会うチャンスができる。それくらいの計算は、すでにもちろん働いていた。

「あんまり自信はないけど、今度出掛けた時、本屋に寄ってみるよ」

「うん、ありがとう」

それからも話は弾んだ。内容から、秋史は仕事も順調そうで、将来も有望視できるポジションにいるようだと踏んだ。話せば話すほど、秋史は英子の中で存在感を増していった。

「ねえ、でもそれだけ出張が多いんじゃ、彼女、怒らない？」

俺、狙われている？　と思われないよう、慎重に、遠まわしに、探りを入れた。

「彼女なんていないよ」

「またぁ」

「ほんと、ほんと。高瀬に嘘ついてどうすんだよ」

と言って、あはは、と笑った。

もしかしたら、と、英子は考えていた。もし、これがきっかけで秋史と付き合うようになったら――。それで、とんとん拍子に話が進んで結婚なんかすることになったら――。もし、そうなったら、本意じゃない仕事ばかりさせる会社なんかとっとと辞めて、秋史の海外出張に一緒についていく、というのはどうだろう。そこで本屋を回り、気に入った絵本を見つけ、自分で翻訳して、どこかの出版社に持ち込んで出版する。できないことはないはずだ。語学の勉強もまた始めたい。フランス語とスペイン語も習いたい。将来、生まれてくる子供を考えても、秋史に似ていれば間違いなく可愛いだろう。もちろんバイリンガルに育てて、出来たらＭＢＡを取らせて。

英子は宙を眺めた。人生の青写真が、瞬く間に目の前に広がっていった。

もしかしたら、今までひとりで頑張ってきたのはこのためだったのかもしれない、そんな気がした。卒業アルバムの苦労を秋史が見ていてくれたように、神様も頑張っている英子をちゃんと見ていてくれたのかもしれない。そのご褒美に、秋史との再会をセッティングしてくれたのではないか。

莉沙（2）

約束の時間に二十分も遅れている。

莉沙はイライラしながら、タクシーの運転手に料金を支払った。

予定では、化粧直しを念入りにし、手土産にするフルーツを有名果物店まで買いに行くつもりだったが、急にアルバイトの女の子が休むと連絡を入れて来て、結局、店長の自分がそのしわ寄せを食う羽目になってしまった。時間がなく、土産も結局うちのファミレスのプリンだ。これもおいしいと思うが、味云々ではなく、手近なところで間に合わせた、と思われるのがいやだが仕方ない。

チャイムを鳴らすと、まどかの弾んだ声が聞こえ、ドアが開けられた。

その瞬間、部屋からあわあわと「結婚」というリアルな空気が溢れ出して来て、莉沙は一瞬戸惑った。真新しい白い壁紙に磨き上げられたフローリング。玄関マットはピンクの薔薇模様だ。下駄箱の上には東南アジアのものらしき象の置物が飾られていた。きっと新婚旅行で買ったのだろう。そしてカラフルなストライプのスリッパが並んでいる。考えられない統一感のなさではあるが、すべてにまどかの思いが込められているようで、ちょっと圧倒された。

「ごめんね、遅くなって」

「いいの、いいの、上がって」

ファミレスで再会した時も感じたが、まどかは高校時代と違って、ずいぶんと自信に満ちている。あの頃は、何をするにしても、相手におもねるような眼差しを向けていた。間違いたくない、嫌われたくない、という思いが見え見えだった。もし、この自信が、結婚がもたらしたものだというのであれば、やはり結婚はすごいことなのかもしれない。

部屋に入ると、真っ先に秋史が目に入った。

「よぉ、住田、遅いぞぉ」

その笑顔が眩しかった。秋史はあの頃と少しも変わらず、いや、もっと素敵になっていて、莉沙の胸は高鳴った。

「ごめんごめん。それにしても久しぶり、元気にしてた？」

「ああ、もちろん元気さ」

そして、次に英子を見た。

「英子も久しぶり、ちっとも変わってない」

「莉沙だって」

級友と再会する時の、この微妙な葛藤を何と言えばいいだろう。相手がすっかり老けていたり、ダサくなっていたりするのは嫌だが、あまりきれいになっていられても困る。自分の立場がなくなってしまわないぐらいの変化であって欲しい。卒業して十四年。英子があの頃とほとんど変わっていなかった、ということが、正直なところ、莉沙をいくらかほっとさせていた。

まどかから、夫の明を紹介された。

「今日はご招待いただきまして、ありがとうございます」

「ゆっくりしていって下さいね」

と笑う明は感じがよかったが、どちらかというと「ふうん」という印象で、これもある意味、莉沙をほっとさせた。

「じゃあ、みんなが揃ったところでテーブルの方へどうぞ」

まどか主催のパーティなのだから当然だろうが、仕切るまどかを見るのは初めてだった。これも結婚の賜物だろうか。五人でダイニングテーブルを囲み、まずはシャンパンで乾杯した。和やかに食事が始まった。

「莉沙と再会した時は、ほんと、びっくりしちゃった。だって、ファミレスの店長なんだもの」

あまり嬉しくない話をふられて、莉沙は首をすくめた。

「まあ、そうでしょうね」

「莉沙って、デザイン事務所に勤めているんじゃなかったっけ？」

英子が尋ねた。

「実はそこが潰れちゃって」

「あら……大変だったんだ」

「ま、こういうご時世だから」

英子の言葉に同情が含まれているようで、莉沙はちょっと引っ掛かった。高校時代から英子は優等生だった。実際、名の通った大学にすんなりと合格した。中堅の出版社に就職したことも知っている。そんなまっとうな生き方をしている英子からすれば、ファミレスの店長など落ちこぼれに見えるかもしれない。

「住田は昔から枠に収まり切らないところがあったよな」

秋史の言葉に、莉沙はシャンパングラスを手にしたまま顔を向けた。

「我が道をゆくっていうか、自分の世界を持ってるっていうか、どこかみんなと違ってた」

「そうかな」

「そうだよ、そこが住田のいちばんの魅力だった」

莉沙は秋史を見つめた。ここにひとり理解者がいる、そのことが莉沙の気持ちをどれほど楽にしてくれただろう。それも相手はかつて密かに憧れていた秋史なのだ。

「ファミレスも結構楽しいよ。毎日、いろんなお客様が見られるしね。何と言っても夢を叶えるためのステップだから」

「夢って、何?」

まどかが身を乗り出した。

「いつか自分のカフェを持ちたいって思ってるの。とびきりおいしいコーヒーを出すカフェ」

みなが感心したような顔を向けた。実際に叶えられるか、本当はあまり自信がないのだが、今更、引っ込みはつかない。

「だからね、ファミレスは勉強の場なのよね」

秋史が目を丸くして言った。

「俺、コーヒー豆の輸入もやってるんだ。ほんとコーヒーって奥が深いよな。味も香りも産地によってぜんぜん違う」

莉沙は思わず声を高めた。

「そうそう、そうなの。いろんなコーヒーを独自にブレンドして、私だけのコーヒーっていうのを出せるカフェが夢なの」

秋史が目を細めた。

「住田らしいな。住田だったら、ぜったいに叶えられるさ」

「うん、ありがとう」

秋史の言葉が力づけてくれる。そう言われると、必ず叶う夢に思えて来た。

「ねえ、ふたりとも結婚は？」

会話を遮るかのように、まどかが夫の得意料理というパスタをフォークで口に運びながら、莉沙と英子に交互に顔を向けた。来たな、と思った。

「そうねえ、なかなかね。仕事が忙しくて」

英子が無難に答えている。

「私も仕事の時間が不規則だから、余裕がないっていうか、今は自分のことだけで精一杯」

尚之のことがちらりと頭をかすめたが、今は考えないでおくことにしよう。

「それに働く女に理解ある結婚相手って、意外と少ないのよね」

英子の言葉に、莉沙も頷《うなず》いた。

「わかるな。まだまだ家事は女の仕事って思ってる男の多いこと」

今しがた、英子にちょっとしたライバル心を燃やしたが、結婚が話題になるとやはり意見が合致してしまう。独身同士というのは、そういうものだ。

「あ、もちろんまどかのダンナ様はそんなことないけど」

そのまどかの夫は、次の料理の準備のためにキッチンに行っている。

「でも、一生独身を通すつもりじゃないんでしょう？」

まどかの問いに、莉沙は慌てて頷いた。

「もちろん、いつかはそういう人と巡り合いたいと思ってる」

莉沙は秋史を見ないように、でも少しはアピールできるように、さりげなく強調した。

「私も同感。結婚するなら一生添い遂げたいもの。だから、つい慎重になってしまうのよね」

ある種の勘のようなものが頭の中を横切った。もしかしたら、英子は秋史を狙っているのではないか。ないとは言えない。

まどかがため息をついた。

「ふたりを見てると、強いなあってつくづく思う。私なんてとてもひとりじゃ生きられないもの」

そう言って、まどかはキッチンに立つ夫に甘えたような目を向けた。夫はそれを受けて、満足そうに頷いている。

「俺は、働く女性っていいなって思うよ」

タイミングよく、秋史が言った。

「俺なんか一年の半分以上は海外出張だから、家にいることも少ないからね。結婚しても、相手には自分の好きなことをやっていて欲しいんだ。待たれてだけいるっていうのも、男として辛いだろう」

まどかがわずかに表情を曇らせて、慌てて秋史は付け加えた。
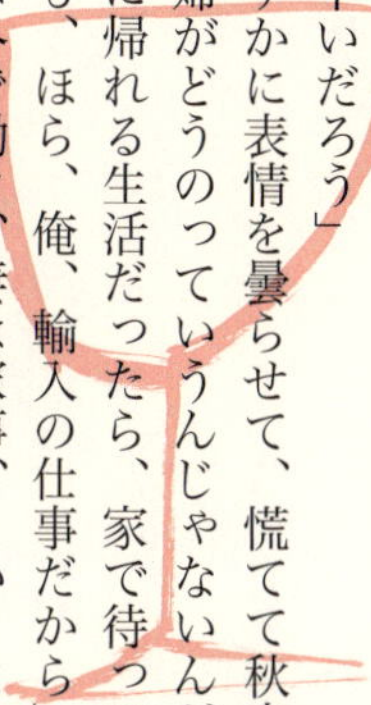
「あ、専業主婦がどうのっていうんじゃないんだ。俺も河野さんみたいに公務員で、毎日ちゃんと家に帰れる生活だったら、家で待っていてくれる奥さんがいたらすごく嬉しいと思う。でも、ほら、俺、輸入の仕事だから」
秋史は、夫は外で働き、妻は家事、というような型にはまった考えは持っていない。
それがわかり、莉沙はますます好感を持った。

「石坂くん、そういう人がいるの？」

まどかが尋ねる。既婚者でなければ、聞けない質問だ。

「いや、いないよ。さっき高瀬にも言ってたんだ。こんな仕事をしていると知り合うチャンスなんか全然ない。まあ、相手がいないからこんな勝手なことが言えるんだろうけどさ」

嘘には聞こえなかった。笑っている秋史を見つめながら、もし――と、莉沙は考えた。もし、今日を境に、秋史と付き合うことになったら――。それで、結婚までするようなことになったら――。カフェ経営の夢はもっと現実味を帯びるだろう。一流会社に勤めている秋史なら、基本的な生活には困らない。だったら売り上げにきりきりしなくて済む。海外出張が多いのだから時間も自由に使える。秋史がコーヒー豆を輸入しているというのも、何かの縁に感じた。何より、秋史はあの頃と少しも変わらず、格好いいままだ――。

同棲している尚之は、確かに性格はいい。けれども、生活能力という点ではまったく心許ない。九歳年下でフリーターとなれば、カフェを持つどころか、彼を養うことで精一杯だ。こんな暮らしを続けていてはとても夢なんか叶えられない。

ふと、これは神様のくれたチャンスなのかもしれない、と、莉沙は思った。

やがて食事も終わりに近づいた。秋史と携帯の番号とアドレスを交換したものの、このままでは「じゃあ、いつかまた」という社交辞令で終わってしまうかもしれない。それでは何のために再会したのかわからない。せめて、次の展開に繋げられるようにしておきたい。

五人がそれぞれに自分の使った食器をキッチンに運びながら、ふたりになった瞬間を見計らって、莉沙は言った。

「今度、おいしいコーヒー豆があったら紹介してくれる？」

秋史は気軽な口調で頷いた。

「いいよ。ちょうど来週、南米に行くんだ。いくつかの種類を持って来るよ」

これで会う口実ができた。

「うん、楽しみにしてる」

あまり頬が緩み過ぎないよう、莉沙はさりげない素振りで頷いた。

英子（3）

英子はここのところ、毎日少々落ち着かないでいる。

その原因は、もちろんわかっている。秋史と再会したからだ。秋史の笑顔や、わずかな仕草や、「俺、感心して見てたんだ」という言葉が、ふとした拍子に、身体の中で浮いたり沈んだりするのを感じる。そんな時、無意識に笑いが漏れて、隣や向かいのデスクに座る同僚に気味悪がられている。

こんな気持ちになるのは久しぶりだった。これが恋というものかしらと、懐かしいような照れくさいような気持ちだった。

まどかの家で再会してから、そろそろ三週間がたとうとしていた。

秋史はあの時「来週から南米に二週間ばかり出張なんだ」と言っていた。もう帰っているだろうか。こういう時は自分から連絡した方がいいのか、それとも、秋史からのメールや電話を待った方が得策か。しばらく恋から離れていたせいもあって、すっかりコツみたいなものを忘れてしまっている。

迷った末に、メールを送ることにした。これがいちばん無難だろう。

けれども、何て書けばいいのかわからない。さも気があるように受け取られたくない。とは言え、印象に残る言葉を選びたい。

〈出張から無事帰った？　もしかして、あの時話していた絵本のことを覚えていてくれてるかな。実はちょっと楽しみにしてるの〉

たったこれだけのメールを、何度も読み返し、添削し、三十分もかかってようやく書き上げた。

「おい、そろそろ取材に出掛けるぞ」

カメラマンに言われ、英子は慌てて顔を上げた。

「すみません、すぐ用意します」

すっかり忘れていた。今日はキャバクラ嬢のインタビューが入っていた。

「ボケッとしてんじゃないよ」

口の悪いカメラマンに怒鳴られつつ、英子は祈るような気持ちで、送信ボタンをクリックした。


取材を終えて、夕刻の歌舞伎町を歩いていると、ふとカップルに目が行った。ふたりとも、ドンキの袋をぶら下げている。

あ、莉沙……。

男の方はどう見ても年下って感じだった。ふたりはラフなスタイルで、時折、顔を見合わせて笑い合ったりなんかして、なかなかいい雰囲気だ。

ふうん、莉沙ったら、あんな彼がいるんだ……。

まどかの家では、そんな素振りは見せなかったが、やはりちゃんと恋人の存在があったわけだ。

でも、私だったらパスかな。

男の子の、頼りなさそうな佇まいを見ながら呟いてみた。しかし、我ながら負け惜しみっぽく聞こえた。恋人がいない生活は味気ない。心に華やぎがない。ファッションもメイクも張り合いがない。そんな毎日をもうどれくらい送っているだろう。

けれども同時に、ほっとしている自分もいた。内心、莉沙も秋史に関心を抱いているのではないか、と勘繰る気持ちがあったのだ。でも、その心配はなさそうだ。

その日、英子はイラストレーターの事務所まで絵を取りに出掛けたが、まだ完成していないということで、結局、三時間以上も待たされる羽目になった。ようやく受け取った時にはもう夜の九時を回っていた。仕事柄、こんな時間になるなどそう珍しいことではないが、さすがに疲れた。

イラストを手に電車に乗って、ついうとうとした。途切れ途切れの夢に出てくるのは秋史だった。もし、が妙なリアルさで頭の中に浮かんでくる。もし、秋史と結婚したら、海外生活を送ることになるかもしれない。そうしたら、向こうで好きな絵本の翻訳ができるんだろうな。優雅な生活が送れるんだろうな。可愛い子供に恵まれて、親子三人仲睦まじく、幸せに暮らせるんだろうな……。

その時、電車のアナウンスにはっと目を覚ました。窓の外を見ると下車駅だ。英子は慌てて飛び下りた。

そして、気がついた。イラストの入った封筒を手にしていない、ということに。

忘れた、と思って振り返った時にはもう、電車は走り去っていた。英子は呆然と立ち尽くした。

　どうしよう……。

　とにかく、窓口に行くしかない。駆け足で飛び込んだ。

「すみません、忘れ物をしたんです」

　息を弾ませながら駅員に訴えると、「どんなものをお忘れですかぁ？」と、のんびりした口調が返って来た。

「イラストです、Ａ４サイズの封筒に入った」

「イラストというと、どんな絵が描かれたものでしょうか」

「え……」

「ほら、風景画とか静物画とか人物とか」

「あの……男性と女性の……何と言うか、ベッドシーンの……」

　記事の一部に使う、ずばりセックスのイラストだった。

　駅員がどんな顔をしているか、見られなかった。

「はあ、そうですか。わかりました。では、連絡を取りますからしばらくお待ちください」

　事務所のベンチに座ったまま、二時間が過ぎた。駅員は「何なら、明日にでもお宅に連絡しますよ」と言うが、それでは間に合わない。入稿は明日の朝だ。

「いいえ、ここで待ちます。お願いです、是が非でも見つけてください、お願いします」

その時、英子の携帯電話が鳴り出した。画面には編集長の名前が表示されていた。英子は慌てて耳にした。

「おい、イラスト、どうなってるんだ」

「はい、あの、それが……」

電車に置き忘れたなどとは、とても言えない。編集長の怒鳴り声の想像がつく。どう答えようか。それより、もしこのまま見つからなかったらどうしよう。

頭の中はパニックだ。その時、背後から駅員の声がした。

「あ、見つかったそうです。もうすぐ、こちらに届くとのことです」

英子は思わず叫んでいた。

「ありがとうございます！」

「おい、高瀬、どうした」

英子は改めて携帯電話を耳に当てた。

「遅くなってすみません。あと一時間で帰ります」

そんな失敗もあったせいで、秋史から返信メールが届いた時はことさら嬉しかった。

〈メール、サンキュ。やっと帰って来たよ。絵本、何冊か買って来た。俺のセンスだからあまり自信はないけどね。よかったら、今週の金曜にメシでもどう？〉

それだけで気持ちが弾んだ。英子は早速、返事を書いた。

〈金曜日、了解。絵本、とっても楽しみ。時間と場所、どうする？〉

秋史は、青山のレストランバーを指定した。

〈うん、そこなら知ってる。じゃあ、その時に〉

これでデートの約束は取り付けた。こうなったら気合を入れて向かうしかない、と、英子は自分に活を入れた。

もしかしたら、昨日の失敗は転機の前触れだったのかもしれない。いつまで今の仕事を続ければいいのか。風俗の取材をするために出版社に入ったわけじゃない。私はもともと絵本を手懸けたかったのだ。それなのに、もう会社にそのセクションはない。だったら居続けたって先はないということだ。

そして金曜日。

いつもはだらだら書いている原稿をてきぱきと仕上げ、編集長の「今夜、飲みに行くぞ」は、きっぱりと断り「何だ、付き合い悪いな」にも耳を塞ぎ「おっ、デートか」も無視して、英子は編集部を飛び出した。

青山のレストランバー。初デートとしてはぴったりの場所だ。チャコールグレイのパンツスーツに、下はシルクのタンクトップ。そしてその下は、気が早すぎるとはわかっていても、いざという時のためにと、ゴージャスな総レースの勝負下着を着けて来た。

緊張しつつ、ドアを押して店に入った。照明は柔らかく、大人っぽいジャズが流れている。秋史が奥まった席から手を挙げた。先日とは違ってスーツ姿だった。いかにも会社帰りのやり手のビジネスマンといった風情だ。英子は笑顔を浮かべ、一歩足を進めた。

その時、秋史の向かい側に誰か座っているのに気がついた。

え……。

「英子、ここ」

莉沙だった。

どうして莉沙がいるの。

すっかり面食らっていた。予想外の展開に釈然としない気持ちを抱えながらも、英子は笑顔のまま、ふたりの前に立った。

「莉沙、この間はどうも」

「楽しかったね」

「ほんと」

莉沙と秋史は向かい合って座っている。どちらの隣に腰を下ろそうかと考える。気持ちは秋史だが、現実には莉沙の隣に座った。

莉沙が顔を向けた。

「夕方にね、たまたま石坂くんのところに電話したの。そうしたら今から英子に頼まれた絵本を渡すから一緒にどうって誘われたのよ。コーヒー豆も用意してくれてるっていうし、私もちょうど上がりだったし、それならお言葉に甘えてって参加させてもらうことにしたわけ。でも、お邪魔だったかしら」

莉沙が上目遣いで英子を見る。

「何言ってんのよ、そんなわけないじゃない」

「だったらいいけど」

女の勘は、こういう時にこそ発揮される。英子はこの時、莉沙の気持ちが手に取るように理解できた。つまり、莉沙も秋史を狙っているのだ。

「コーヒー豆はどうだった？」

「さっき袋を開けてみたんだけど、もうびっくりするぐらい香りが違うの。やっぱりこっちで買うのとじゃ新鮮さが格段の差だって痛感しちゃった。家で淹《い》れるのが楽しみ」

じゃあすぐ家に帰ればいいのに。

「高瀬にはこれ」

秋史が鞄《かばん》の中から包みを取り出した。

「とりあえず、目についたのを五冊買って来た。気に入ってもらえるといいんだけど。

こういうのを選ぶのは初めてだから、なかなか新鮮だったよ」

「ありがとう」

早速広げてみると、南米らしい大胆な色使いが目に飛び込んで来た。日本にはない斬新さだ。文章はスペイン語なので、辞書を引いて調べるしかないが、それも楽しみだ。

「さあ、今夜はこの間の続きといこうか」

秋史が上機嫌で言った。

「いいね、まずはビール」

莉沙がそれにならっている。

「私はシャンパンにしようっと」

三人は手を挙げてウェイターを呼び寄せた。

乾杯をして、表面上は和気藹々《あいあい》と会話しながら、英子はずっと考えていた。いったい秋史はどういうつもりなのだろう。この場に莉沙を誘ったということは、私に気がないということだろうか。それとも、莉沙が強引に割り込んで来ただけなのだろうか。ただ、私を誘ったのは秋史だ。莉沙はたまたま電話しただけだ。ということは、私の方がずっと有利な立場にいると考えていいはずだ。

莉沙（3）

久しぶりに休みが取れ、莉沙は尚之とふたり新宿に買い物に出た。

いつも利用しているドンキに向かうために、歌舞伎町の近くを通ると、キャバクラの前で、店の看板をバックに女の子たちが撮影していた。

「はーい、みなさん、セクシーポーズを決めてくださいねー。はい、視線はこっちでお願いしまーす」

と、叫んでいる女性に目が行って、莉沙は思わず足を止めた。

え、あれ、英子……？

「どうかした？」

尚之が尋ねた。

「あの子、高校の時の同級生なんだけど」

「雑誌の取材かな。あ、彼女の持ってる週刊誌、僕も時々読むやつだ」

「それってどういう雑誌なの？」

尚之は少し口籠もった。

「うーん、一言で言えば、女の人が顔をしかめる雑誌かな」

「つまりエロ系ってこと？」

「まあね」

「でも、前に会った時は、辞書を作ってるって言ってたんだよ」

「そりゃあ、やっぱり言いにくいんじゃないかな」

当然だろう。

「そんなことより、早く行こうよ」

尚之が莉沙を促した。

「最新のホットプレート、ずっと欲しかったんだ」

つまり、そういうことだったのか。高校時代から、英子は優秀でお嬢さま然としていた。そのイメージを壊したくなくて「辞書作り」と言ったのか。それはもちろん、秋史に自分をアピールしたいがためだろう。まどかの家で会った時から、英子が秋史を狙っていることぐらいお見通しだ。

それにしても、あの英子がキャバクラ嬢の取材とは――。

十年たてば人も変わる。英子も優等生だけでは生きてゆけなかったのだろう。

ドンキで、尚之が欲しがっていたホットプレートを買った。支払いは、もちろん莉沙だ。自分がお金を払うのは、もうすっかり慣れたつもりだが、レジの前で、女の子がホットカーラーやドライヤーを当然のように男に買わせている様子を見ると、胸の中にもややしたものが広がってゆく。

尚之はお金がない。それはわかっている。何もケチで莉沙ばかりに支払わせているわけではない。もちろん、他の女の子にプレゼントするようなこともない。本当にないだけだ。

お金なんてある者が払えばいい。

そう思ってきた。いや正確に言えば、そう思おうと思ってきた。そうでなければ、年下のフリーターとなんて付き合っていけない。尚之が好きだから、お金のことぐらい大目に見たかった。そんなことが原因で気まずくなりたくなかった。けれども時々、莉沙が払うのを当然のように眺めている尚之に、腹が立つこともある。今はいい。けれど、将来はどうなる。ずっとこのままだろうか。このままに決まっている。つまり、自分は一生こうして払い続ける立場のままでいるしかないのだ。

これが秋史だったら……。

もう月末の通帳の残高に、きりきりすることもない。これ欲しいな、なんてセリフを口にすることもできるのだろう。決して本当に買って欲しいとか、貢いでくれるのを期待しているわけじゃない。ただ、時にはお金のことを考えなくてもいい立場になってみたいだけだ。

ついにやってしまった。

最初は営業スマイルを通していた。けれども何度注意しても店の中を走り回り、大声を上げ、ソファに土足で上がる子供らと、その傍若無人ぶりに知らん顔を決め込んでいる母親たちに、ついに切れたのだ。

「いい加減にしなさい！」

莉沙は子供らの前に仁王立ちになり怒鳴りつけた。そんな経験がないのか、子供らは目を丸くして莉沙を見上げた。

「ちゃんと行儀よくしなさい！」

子供らがいっせいに母親の元に走って行き、入れ替わりで母親連中が飛んで来た。

「あなた、私たちは客なのよ。子供たちを脅すなんていったいどういうつもりなの」

「脅してなんていません」

「でも、子供たちが怖がってるじゃないの」

「あのですね、あなたたち、子供の躾《しつけ》ぐらいきちんとしたらいかがですか」

出来うる限り冷静に、礼儀正しく言ったつもりだが、母親たちは怒りで顔を赤くした。

「店員の分際で何て失礼なの。店長、呼びなさいよ」

「私が店長です」

母親たちの怒りはますます増幅されたようだった。

「行きましょう、こんな店、もう二度と来てやらないから」

「ええ、来てくれなくて結構です。こっちもその方が助かります」

「本社に抗議してやる」

「勝手にどうぞ」

気持ちはすっとしていた。やってやった、という気分だった。しかし夕方になって、案の定、本社からエライさんがやって来た。

「君は店長だろう。客商売ってものをどう考えているんだ。何があろうと、気持ちよく過ごしていただく、それがサービスってものだろう」

「子供らの行為が限度を超えていたので、注意したまでです」

「角が立たない注意ができないのか」

「たとえば、どんな注意の仕方ですか」

「それを考えるのが店長の役目だろう。給料を多く払ってる分、頭を使ってもらわなければ困る。もし、次にこんなトラブルが起きたら、責任を取ってもらうからね」

辞める、辞めてやる。

それが喉まで出掛かった。言ったら、どんなにすっきりするだろう。

でも、言えなかった。アパートの家賃や、来月十日引き落としのクレジットカードの金額や、水道光熱費の支払いが、頭を横切っていた。

何も言えず、頭を下げるしかない自分に、莉沙は心底失望していた。

アパートに戻ると、「今夜はお好み焼きだよ」と、尚之が買ったばかりのホットプレートを前にして、子供みたいな顔を向けた。

「さあ、早く座って。すぐ焼き始めるからね。ビールは冷蔵庫に入ってるよ」

莉沙は言われた通り、冷蔵庫から缶ビールを取り出してきた。

「私、今の仕事、辞めようかな」と、ビールをひと口飲んで、呟いた。

「どうして？」

尚之はのんびりボウルに入った具をかき回している。

「もともと向いてないのよ。次の仕事の中継ぎみたいな気持ちで始めたのに、いつの間にか店長になんかなっちゃって」

「莉沙が辞めたいなら、辞めればいいじゃん」

「いいの？」

莉沙は思わず顔を向けた。

「嫌な仕事を続けることはないって。やっぱり人生は楽しまなくちゃ」

「でも、辞めてどうするの？」

心配しなくていい、僕に任せておけよ。こういう時のために僕はいるんだ。今まで、莉沙に迷惑かけた分、これからは恩返しするよ。僕が稼ぐ。莉沙はのんびりしてればいいんだ。やる時は、僕だってやるんだからさ。

「うーん、何とかなるさ」

期待とは裏腹な答えが返って来て、莉沙は思わず声を上げた。

「何とかなるって、何なのよ」

「だって、今までも何とかなって来ただろう。辞めたってきっと何とかなるさ」

「いい加減にしてよ！」

莉沙はテーブルに缶ビールを強く打ち付けた。泡が飛んで、テーブルに白い斑点が広がった。尚之が驚いた表情を向けた。

「どうしたの」

「今まで、何とかして来たのはみんな私じゃない。尚之が何とかしたことなんて一度だってないじゃない。私がやりたくもないファミレスの店長をしているのも、私が働かないと生活できないからでしょ。男なら、一度ぐらい私を食わせてみなさいよ、それくらいしてみなさいよ」

尚之が静かにプレートの縁にヘラを置いた。

「莉沙はそんなふうに考えていたんだ」

「私は事実を言ってるだけ」

「何か僕、すごく勘違いしてたみたいだ。今の仕事、僕がいるから辞められないなら、僕がいなければ辞められるってことだよね？」

「あのね、そういうことまで私に聞くのはやめて」

「僕が出て行った方がいいなら、そうするよ」

「尚之が出てゆきたいなら、そうすればいい」

「そうか、わかった」

尚之がゆっくり立ち上がった。莉沙は内心慌てていた。まさかここまでの展開になるとは予想もしていなかった。止めるなら今だ。けれど、こうも思う。止めてどうなるのだろう。今までの暮らしが繰り返されるだけではないか。それでいいの？　本当にいいの？

その夜、尚之は帰って来なかった。もしかしたら、もう二度と帰って来ないつもりなのかもしれない。だつたら、それでいいではないか。こうなった以上、人生を変えてやろう。夢を叶えてやろう。もう回り道することはない。せっかく秋史という最高の条件の男が出現したのだから、このチャンスを捕まえればすべてが丸く納まる。

英子（4）

「先輩、オトコってどうやって落とすものでしたっけ」

　英子は向かいのデスクに座る、女性編集者に尋ねた。英子より七歳年上だが、恋愛体質を公言している彼女は、実際、恋人が途切れたことがないらしい。先輩はノートパソコンから顔を上げた。

「どうしたの？」

「ここのところ、恋愛とご無沙汰だったから、勘っていうかコツっていうか、すっかり忘れてしまってるんですよね」

「つまり、久しぶりに気になる男が出現したってわけね」

「まあ、そういうことです」

　先輩は興味津々の顔つきで、ノートパソコンをずらし、机に身を乗り出した。

「で、相手はおやじ系？　年下？　それとも同年代？」

「高校の同級生で、この間、再会したんです」

「同級生か、最近、そのパターンが多いねえ」

「ありがちは、ありがちですけど」

「でもね、それって簡単そうで、意外と難しかったりするのよね」

「そうなんですか」

英子は思わず真剣に聞き返した。

「相手がおやじ系の場合は褒めまくればいいの。若い女に影響を与えることがおやじの生きがいだから、そこを刺激すればイチコロよ。年下はね、二通りあって、女王になるか母親になるか、どちらかね。うまくはまれば、年下男なんて食い放題」

「はあ」

先輩はどんな恋愛経験を積んできたのだろう。

「じゃあ、同級生だったら？」

「その彼って、かつてあなたと付き合っていたとか、あなたに憧れていたとか、そういう経緯はあるの？」

「いえ、ないです……」

その逆はあった、とは言えない。

「お互いに結婚していたら、それはそれで盛り上がったりするんだけど、まだ卒業して十四年くらいでしょ、それじゃあね。過去のイメージから抜け出すのって難しいのよ。そこそこ仲良くなれても、色っぽい関係にまで進展しないことが多いの。結局、昔のまま、友達で終わっちゃうとか」

「そうなんですか」

「だからね、ものの弾みっていうのを利用するのが一番かもしれない」

「ものの弾みというと？」

ますます身体が前のめりになる。

「たとえば、酔った勢いでそのままホテルに入っちゃうとか」

英子は思わず唾を飲み込んだ。

「そうすると、相手もようやく気がつくわけ。『昔は意識したことなかったけど、こいつも女なんだなぁ』って。私の経験から言わせてもらうと、まずはベッドありきで行くしかないな」

笑って返すつもりでいたのだが、英子は深く頷いていた。

確かにそうかもしれない。先日のレストランバーで会った時も、英子に対して好意的ではあるものの、そこに恋愛の危うい気配は感じられなかった。今もって、英子のイメージは高校生のままの「優等生」なのだろう。これを覆さない限り、一歩進んだ関係には発展しそうにない。

莉沙が秋史を狙っているのは、この間はっきりした。歌舞伎町で見た、頼りなさそうな年下の男の子から、条件を満たした秋史に乗り換えようとしているに違いない。ぼやぼやしていたら莉沙に先を越されてしまうかもしれない。ここはやはり少々強引でも、先輩が言う通り、秋史をベッドに誘い込むしかないのかもしれない。

ついに、英子は決心した。パソコンを開き、秋史にメールを送った。

〈この間は楽しかった。石坂くんから貰った絵本、辞書と首っ引きで私なりに訳してみたの。すごくいいお話なので、ぜひ石坂くんにも読んでほしい。恵比寿においしい和食屋さんがあるんだけど、よかったら来週にでもどう？〉

莉沙（4）

仕事から帰ってドアを開けると、靴先に何か当たった。拾い上げると鍵だった。

それを手にして顔を上げると、テーブルに手紙が置いてあるのが見えて、莉沙は靴を脱ぐのももどかしく、部屋に上がった。

「この間、莉沙から言われてようやく気がついたよ。僕は確かに莉沙に頼りっぱなしだった。甘えてたんだと思う。このままじゃ足手まといになるばかりだとわかったから、出てゆくことにした。莉沙と暮らした一年、とっても楽しかったよ。ありがとう。すごく感謝してる。カフェを持つ夢が叶うこと、祈ってる。尚之」

押入れを覗くと、尚之の服や下着はなくなっていた。

本当に出て行ったんだ……。

しばらく、気が抜けたように部屋の真ん中に座り込んだ。

寂しさはある。後悔もしている。けれども、これでよかったという思いもあった。

尚之は優しくて、マメで、料理もうまい。セックスの相性だって悪くなかった。恋人として考えるなら上等の部類だ。けれど、それは恋人としてだけだ。お金も力も手に職もない、そんな男とどんな将来を積み上げてゆけるというのだろう。別れが今日でなくたって、いつかはこんな日がやって来ただろう。

これでよかったんだ。

莉沙は言葉にして呟いた。

同時に、もう後には退《ひ》けない気持ちになった。こうなったら絶対にカフェを持つ夢を叶えなければ。そうでなければ別れた意味がないではないか。

そのためにも、秋史の存在は重要な位置を占める。もちろん、利用するためだけに秋史を求めているわけではない。秋史に惹かれているのは確かだ。秋史となら、将来を幸福な気持ちで想像できる。

英子も、秋史を狙っていることはわかっている。ぼやぼやしていたら、先を越されてしまうかもしれない。実際、この間もちゃっかりと秋史と会う約束をしていたではないか。キャバクラの取材かもしれないが、それなりの出版社に勤めているのだから給料だっていいはずだ。先行きの不安なんてあるはずもない。私なんかより、ずっと恵まれた環境ではないか。その上、秋史まで手に入れようとするなんて、それは贅沢な望みというものではないか。

翌日、莉沙は早速、秋史の携帯に電話を入れた。こういうことは、迷ったり悩んだりするよりも、まずは行動に出ることが大切だ。

「あ、私、莉沙」

いつになく、どきどきしている。

「おお、どうした」

「また飲みたいなあって思って連絡してみたの」

「そうかぁ。実は俺、今、ブラジルなんだ」

「えっ」

「またしばらく出張でさ。帰ったら連絡するよ」

「そう……、わかった」

電話を切って息を吐いた。秋史は本当に忙しい毎日らしい。ただ、出張となればその間、英子も手出しはできない。それを思って少し気が楽になった。

英子（5）

メールの返事は、ブラジル出張中、だった。

まあ、それならば諦めるしかないだろう。帰ったら飲もう、とも書いてあったのだから、今はそれに期待するしかない。

「おーい、高瀬、出掛けるぞ」

カメラマンの声がした。相変わらず風俗関係の取材である。今日は大人のおもちゃを扱っている店に向かった。店長から商品の説明を受けるのだが、実際にその強烈なグッズを目の前にすると顔も気持ちも強張《こわば》ってしまい、ろくなインタビューは取れなかった。

それでまたカメラマンに怒鳴られた。

「おまえ、それでも編集者か！」

「すみません」

英子はただうなだれるばかりだ。

これは仕事で、その報酬として自分は会社からちゃんと給料を貰っている。それで家賃を払い、洋服を買い、おいしいごはんを食べにも行ける。だから文句は言えない。世の中には、我慢しなくてはならないことはたくさんある。そんなことぐらいわかっている。みんな、いろんなことを我慢して生きている。我慢は大人の証《あかし》のようなものだ。だから自分も我慢しなければならない。

そう、少しぐらいいやなことは我慢する。もうちょっといやなことも我慢する。大人なんだから、社会人なんだから。でも、本当にいやなことまで我慢してしまってもいいのだろうか。

今の仕事がいいとか悪いとか、上とか下とか、そういうことじゃない。自分にはしたいことがあるのに、それをしようとしない自分がいる。もしかしたら、私は我慢を言い訳にしているのではないのだろうか。夢を諦める、いい口実に使っているのではないのだろうか。

莉沙（5）

突然の女の子の申し出に、莉沙は面食らっていた。

「今週いっぱいで辞めたいんです」

「ちょっと待って、入る時は長期アルバイトの約束だったはずよね」

女の子は肩をすくめた。

「最初はそのつもりだったんですけど、友達からもっと時給のいい仕事を紹介されたから、そっちに行こうと思って」

「でも、あなたのローテーションはもう一カ月先まで決まってるの。人数はぎりぎりだし、そんな急に言われても無理。せめてそのスケジュールが終わるまではいてもらわなくちゃ」

「でも、もう決めちゃったから」

あっけらかんとしたものだ。莉沙は憮然《ぶぜん》とした。

「あなたね、いくらアルバイトと言っても、責任ってものがあるでしょうが」

「責任？」

「当然でしょ」

「そうかなぁ。私、責任なんて持ちたくないからアルバイトしてるんです。だって貰うのは時間給だけで、別に失業保険とか健康保険とかもあるわけじゃないし。店の方だって、いろいろ面倒な責任を持ちたくないから、社員は少なくて、アルバイトばかり雇っているんでしょう。それってお互い様《さま》なんじゃないですか」

思いがけない反撃に、莉沙は返す言葉に詰まった。

彼女の言い分にも一理あった。店側は、状況が変われば、まだ続けたいと希望しているアルバイトもあっさりクビにする。確かにお互い様だ。

「今週いっぱいっていうのも、私、相当譲歩してるつもりなんです。本当は、今日で辞めたいくらいなんです」

　止めても無駄のようだ。

　ため息混じりに莉沙は答えた。

「わかった、じゃあ今週いっぱいはよろしく」

　女の子はほっとしたように笑みを浮かべた。莉沙は頭の中でローテーションを考えた。すぐ代わりのアルバイトを補充できないようなら、自分が入るしかないだろう。ただでさえ少ない休みがまた減ってしまう。

　女の子が事務所を出て行こうとして、ふと、振り返った。

「店長、この際だから、ひとつだけいいですか」

「なに？」

「ここに来てから、ずっと思ってたんですよね。店長って、どうしていつもそんなに退屈そうな顔をしているんだろうって。そういう顔を見せられていると、アルバイトもやる気、なくなっちゃうんですよね」

　言葉が出なかった。

　従業員通用口のゴミ箱に腰を下ろし、莉沙は煙草を吸った。気分はすっかり滅入っていた。

　あの子の言う通りだ。

呟いてから、長く煙を吐き出した。その煙と一緒に、憂鬱も喉の奥から漏れてきた。

かつての自分は、もっと自分にハラハラしながら生きていた。次に何をしでかすのだろう、自分自身がそれを楽しみにしていた。それが今はどうだ、自分をなだめすかすことばかりに心を砕いている。そんな自分を、あの子は、いやアルバイトの子たちはみんな見抜いていたのだ。

ファミレスの店長という仕事に文句をつけるつもりはない。この仕事の奥深さは知っているつもりだ。人によっては、楽しみだって生きがいだって見つけられる。それなのに、自分は我慢という形でしか受け止められないでいる。迷惑なのはファミレスの方だ。嫌いなのはそんな自分だ。

英子（6）

それから一週間ほどして、英子の元にまどかから電話が入った。

「ねえ、この間みたいにまたみんなで集まらない？　あの時、すごく楽しかったでしょう」

まどかの声は無邪気に弾んでいる。

「みんなって、誰？」

思わず、探るような口調になった。

「私と英子と莉沙とうちのダンナ。もちろん、ダンナには石坂くんを連れて来るよう言ってあるし」

「石坂くん、ブラジル出張から帰って来たの？」

連絡をくれると言っていたはずではないか。

「あら、そのこと、どうして知ってるの？」

まどかに言われてちょっと慌てた。

「えっ、ああ、メールでね」

「へえ、英子ったら、メール交換なんてしてるんだ」

「ま、たまたまね」

「今週の土曜日なんてどう？」

秋史と会えるチャンスなら、もちろん行くしかない。

「わかった」

どんなことがあってもその日は仕事を入れない、と決心する。

「ただね、その日、シェフ役のダンナさまが夕方までいないの。なので申し訳ないけど、早めに来て、お料理なんか手伝ってもらえると助かるんだけど」

それくらいお安い御用だ。秋史に「家庭的なところもある」と思わせるのもひとつの手だ。

「わかった、じゃあ早めに行くね」

「莉沙にも連絡しておくから」

莉沙の都合が悪いように、と、ちらりと思った。


「何とかするから」

莉沙は土曜日のローテーションを考えながら答えた。無理に頼めば、代わってくれるアルバイトもいる。その代わり、深夜の出番がまた増えることになるが仕方ない。そのパーティに行かなかったら英子の思うツボだ。

秋史から電話がなかったのはちょっとショックだが、まどかから「仕事が相当忙しいみたいよ」と聞かされて、納得するしかなかった。

「でね、できたらお料理も手伝ってくれる？」

「いいよ、何てったって私、ファミレスの店長だもん。任せておいて」

「ふふ、頼もしい。じゃあ待ってるね」

土曜日。四時少し過ぎにまどかのマンションを訪ねると、すでに莉沙が来ていた。

「この間はどうも」

「こちらこそ」

互いに顔はにこやかだが、相手の思惑を知っているので、どこか態度がぎくしゃくしてしまう。料理は、莉沙がパエリアを担当、まどかはデザート、英子はサラダとドレッシングの係になった。

「ダンナさまと石坂くんは、六時に到着予定だから」

それからまどかは、卵白を泡立てながら、英子と莉沙の顔を交互に眺めた。

「ねえ、石坂くんって高校時代もかっこよかったけれど、今の方がずっと素敵だと思わない？」

「そうかな」と、英子はさらりと答えた。

「別に」と、莉沙はさりげなく火加減を見ている。

「ねえ、ふたりのうちのどっちが、石坂くんと付き合ってるの？」

唐突な質問に、英子は戸惑いながらも笑い飛ばした。

「いやね、そんなわけないじゃない。莉沙は知らないけど」

「私だってあるわけない。まどかったら勘繰り過ぎ」

「でも、ふたりとも、あれから石坂くんと連絡取ったり、会ったりしてるんでしょう」

「三人でよ。ね、莉沙」

「そうそう、個人的にどうのっていうんじゃないの」

「でも、みんな独身のわけだし、英子と莉沙のどちらかが石坂くんとそうなっても、おかしくないよね」

　それはそうだが、そんな簡単にはいかない。

「本当はふたりとも、彼を狙ってるんじゃないの？」

　言葉に詰まっていると、まどかの携帯が鳴り始めた。夫から「少し遅れる」との連絡が入ったとのことだった。

「だったら先にちょっと飲んでましょうよ」

　まどかの提案に、英子も莉沙も賛成した。素面《しらふ》で顔をつき合わせているのは、互いに間が持たない。ソファに座り、ワインを開けた。すきっ腹によく染みた。

「さっきの話だけど、本当にそうじゃないの？　石坂くんのこと狙ってないの？」

　まどかは話をぶり返した。

「しつこいよ、まどか」

「そうだよ、そこまで男に困ってないって」

　莉沙の言葉に、英子は「ああ、莉沙はそうよね」と、頷いた。

「え、何が？」

　莉沙が怪訝な顔を向けた。

「莉沙、年下の彼がいるものね。この間、見たんだ。歌舞伎町をふたりで仲良く歩いているところ」

莉沙の眉に力が入っている。

「そうなんだぁ」

まどかが呑気な声を出した。

「とってもお似合いだった。莉沙は昔から姉御肌的なところがあったから、年下の彼ってぴったりよね」

莉沙の頭の中が回り出している。つまり英子は、それをネタに私の足を引っ張ろうとしているわけだ。

「違う違う、彼は友達、ボーイフレンドの中のひとり」

莉沙は余裕たっぷりに答えた。


そんな莉沙を見ながら、英子は考える。莉沙は何がなんでもシラを切り通すつもりのようだ。

「へえ、莉沙って男友達でも手をつないだりするんだ。そうよね、まじめで退屈な私と違って、莉沙はいつも個性的だったし、男の子にもモテたし、恋人に不自由なんかしないよね。今更、石坂くんなんか眼中になしよね」

相手がそのつもりなら、こちらも容赦はしない、と、莉沙も戦闘態勢に入った。

「そうそう、ずっと英子に聞きたかったことがあるの。この間、キャバクラの女の子を取材してるとこ見たんだけど、確か辞書を作ってるんじゃなかった？」

驚いた、どうしてそのことを莉沙が知っているのだろう。

「あれは……」

「別にいいのよ、そういうエロ雑誌の仕事だって誇りを持ってやればいいじゃない。何も辞書を作ってるなんて嘘をつくことないのに。石坂くんだって、同じこと言うと思うな」

頭を抱えたくなった。

「別に嘘をついたわけじゃない、辞書作りもしたことがあるんだから」

入社の研修の時だが、もちろんわざわざそんな言い訳などする必要はない。

「莉沙こそ、ちゃんと恋人がいるのに、石坂くんを何とかしようだなんて、ちょっと虫がよすぎるんじゃない？」

ワインの酔いが回っている。どんどん、どんどん回っている。

「何とかしようとしているのは英子の方でしょ。だいたい、あの時の彼は友達だって言ってるじゃない。無理やり恋人だってことにして、石坂くんに告げ口でもするつもりなの？」

「よしてよ。莉沙こそ私の仕事をバラして、イメージを損ねようとしているんじゃないの」

「語るに落ちたってこのことね。やっぱり石坂くんのこと狙ってるんじゃない」

「それは莉沙でしょう、ミエミエなのよ」

ふたりの間に、突然、まどかの声が割って入った。

「私を無視しないでよ！」

英子と莉沙は、同時にまどかに顔を向けた。

「ふたりとも、私は関係ないって思ってるのね」

混乱しながらも、英子は尋ねた。

「関係って、何が？」

「だから、石坂くんの話には関係ないって」

返答に窮《きゅう》した。

「私だって関係してる。英子や莉沙と同じよ」

「同じって……だって、まどかは結婚してるじゃない」

まどかが叫んだ。

「それがどうしたのよ！　石坂くんが、真剣に私に気持ちを向けてくれるなら、離婚したって構わない」

英子はぽかんとした。夫とあんなにべたべたで、幸せそうに振舞っていたではないか。それを独身のこちらに散々見せ付けていたではないか。

急にまどかがぼろぼろと涙をこぼし始めた。

「私だって、同じよ。ダンナの後輩として石坂くんが現れてから、毎日切なくてたまらないの。高校時代、あんなに憧れて、でも手の届かない相手だと諦めた人なの。私、ダンナとは、この人とじゃなきゃ絶対に嫌だって、そんな強い気持ちがあったわけじゃない。この人なら可もなく不可もないと思って結婚したの。それがいちばん安全な道だと思ったから。でも、これでよかったの？　本当によかったの？　もし石坂くんと結婚していたら別の生き方があったんじゃないのって、その想像がずっと頭から離れないのよ」

呆然と、ふたりはまどかを見つめた。

幸せだとばかり思っていた。満ち足りた生活を送っているとばかり思っていた。けれども、人はそれぞれ胸の中で迷い続けている。

これでいいの？　このままでいいの？　私の人生、本当に間違ってない？

その時、チャイムが鳴った。慌てて涙を拭って、まどかは玄関に迎えに走った。すぐに夫と秋史が姿を現した。

「いやぁ、遅くなって申し訳ない」

英子と莉沙はぼんやりとふたりの顔を眺めた。

「そうそう、さっき聞いたんだけど。秋史、海外勤務が決まったんだって。だから今日は急遽、送別会に変更だな」

秋史が髪に手をやった。

「ほんとに、急にこんなことになっちゃって」

「海外って、どこ？」

ようやく英子は尋ねた。

「今までもよく行っていたブラジルだよ。転勤希望を出してたんだ」

「どれくらい行ってるの？」

莉沙がぼそぼそと聞く。

「永住のつもりだ」

「ひとりで行くの？」

まどかが消え入りそうな声で尋ねた。

まどかの夫が、秋史を振り返る。

「向こうで待ってる人がいるそうだよ。なっ」

英子も莉沙もまどかも、すぐには言葉が出ない。

「ええ、まあ」

秋史は彼らしくもなく、もごもごと答えた。

「何だよ、堂々としているって決めたんじゃないのか。みんな、偏見はないさ。人にはそれぞれの生き方がある。大切な人の写真、みんなに見せてあげれば」

秋史はためらいつつも、まどかの夫に促されるように携帯を開いた。

英子と莉沙とまどかは、顔を寄せながら覗き込み、思わず息を呑んだ。

そこに写っているのは、顔の半分が髭《ひげ》に覆われたブラジル人の男だった。

まどかの夫が、やけにはしゃいだ声を上げた。

「さあ、食事にするか。もう腹ペコだよ」

英子

いつものように取材を終えて、駅に向かって歩いていると、若い女の子から声を掛けられた。

「おねーさん、えっと、高瀬さんだったっけ、編集者の」

誰だろう。仕事柄、たくさんの人に会うので咄嗟《とっさ》に思い出せない。

「私のこと、忘れちゃったかなぁ」

英子は彼女を見た。しばらくして記憶が蘇って来た。

「あ、売り上げナンバーワンの」

以前取材したソープの女の子だ。

「ふふ、思い出してくれた？」

「最近調子はどう？　相変わらずナンバーワン？」

「実はお店、辞めちゃったの」

「あら、引き抜き？」

「ううん、美容専門学校に通うことにしたんだ」

英子は目をしばたたいた。

「また、どうして」

「おねーさんの言った通りだった。彼、私だけじゃなかった。他にもいっぱい女がいた。やっぱり貢がせていただけだったんだ。それがわかって、急に気持ちが冷めちゃって、ようやく真面目にこれからの人生考える気になったの。うちの母親ね、田舎で美容院をやってるの。ちょーしょぼいんだけど、母親に学校行くこと話したら泣いて喜んじゃって。今の店をすぐに改装するなんて張り切ってるんだよね」

「へえ……」

「人ってやっぱり変わらなくちゃね。変わるためには、変える努力をしなくちゃね」

その言葉は、やけに重く英子の胸に響いた。

「私、頑張ってみる。あっと、学校の時間があるから、じゃあまたね」

彼女が手を振り、弾んだ足取りで走ってゆく。その姿が人込みに紛れて見えなくなるまで、英子は立ち竦んだまま見送った。

莉沙

いつものように仕事から戻り、アパートでようやくひと息ついたところで、携帯電話が鳴り始めた。

「もしもし」

「こちらA病院ですが、住田莉沙さんでいらっしゃいますか」

「はい……何か」

胸に不安が広がった。

「久間尚之さんをご存知でしょうか」

「知ってます、尚之に何かあったんですか」

「実は、ちょっと怪我をされましてこちらに入院されています」

「ええっ！　命にかかわるんですか！」

「いえ、その心配はありません」

「場所はどこですか、すぐ行きます」

電話を切ってバッグを抱え、莉沙は部屋を飛び出した。

病室の片隅のベッドに、尚之はいた。莉沙がベッド脇に腰を下ろすと、まるで悪戯《いたずら》が見つかった子供のように泣きそうに顔をしかめて「ごめん」と言った。

「莉沙に、また迷惑かけちゃって……」

「いいの、そんなの。大丈夫？　痛む？」

「左足骨折だって……」

「看護師さんから聞いた、でも、どうして」

「ビルの建築現場で働いてたんだ。寝泊りもできるし、日給もよかったし。それが足場から落っこちちゃって」

「そんな仕事、慣れてないのに」

「あれからずっと考えたよ。僕が莉沙にできることって何だろうって。莉沙のカフェを持ちたい夢をどうやったら叶えてあげられるだろうって。それにはやっぱり、ちゃんと働いて、お金を稼がなきゃって思ったんだ。一年頑張れば、それなりにまとまった金額になるって言われたから、貯まったお金を持って、もう一度莉沙のところに行こうって決めたんだ」

「馬鹿ね……」

「うん、ほんとに僕は馬鹿だ。ぜんぜん貯まらないうちに、骨折だもんな。僕はどこまで莉沙の足手まといになるんだろう」

莉沙は尚之の額にかかる髪を撫で上げた。

「尚之は足手まといなんかじゃない」

「でも」

「尚之がいないと、誰もごはんを作ってくれないから、私、栄養失調になっちゃう。心も栄養失調だよ。ここを退院したら、アパートに戻っておいでよ」

人はひとりじゃ頑張れない。ひとりでおいしいものを食べても、ひとりで美しい星を眺めても、ひとりで夢を語っても、隣に誰かがいてくれなければちっとも楽しくない。

大切なものは、時々、厄介なものに似ている。だから、人はとんでもない間違いをしでかしてしまう。

「いいの、それで？」

「それが、いいの」

莉沙は尚之に短くキスをした。懐かしい尚之の匂いがした。

五年後

「じゃあ、行って来ます」

英子はずっしりと重い鞄《かばん》を肩に掛け、ドアに向かった。

「頼んだわよ、頑張って売り込んで来てね」

社長のゲキが飛ぶ。

「任せといてください」

今から書店を回って、絵本を店頭に並べてくれるよう頼みに行くのである。

全国展開できるまでにはまだ遠いが、英子が手掛けた絵本は、少しずつ需要を伸ばしていた。かけられる予算は少なく、それどころか持ち出しも多いが、可能な限り海外に足を運び、直に、本屋に並ぶ絵本を手にしている。そして、これぞというものにめぐり会えたら、無謀を承知で著者に会いに行く。日本での出版の許可を頼みにゆくのである。断られるケースは多いが、意気込みがあれば、思いが通じないこともない。味方になるのは自分の絵本に対する熱意だけだ。そうやって、今まで何冊かの出版許可を取ることができた。もちろん翻訳も英子がやる。売り込みもだ。ひとりで何役もこなすというのが、この事務所の鉄則である。

英子が児童書の翻訳を専門とする事務所に転職してから三年がたっていた。

社長は気さくな女性で、社員たちの意見には熱心に耳を傾けてくれる人だ。もちろん厳しい面もあるが「子供たちを豊かに育てるためには何が必要か」ということを、常に考えていて、その揺るがない信念は英子をいつも力づけてくれる。

思い切って転職してよかったと、しみじみ思う。

正直を言うと、転職して間もない頃は後悔したこともある。給料は下がるし、残業手当はないし、本屋に持ち込んでもけんもほろろに断られる。本を運ぶための腕力も必要だった。

けれども、英子が最初に手掛けた絵本が、日本語になって店頭に並ぶのを見た時、今まで味わったことのない満ち足りた気持ちに包まれた。

間違ってない。

その時、つくづく思った。

私は、私が行きたい道をちゃんと歩いている。

その絵本は、秋史から土産として貰ったものだった。あの再会がきっかけとなったのだから、人生、何が転機となるかわからない。

今だって、何もかもが揃っているわけじゃない。こんなはずじゃなかった、と思うことはたくさんある。人生は、たぶん、一生それとの戦いなのだろう。

それがわかっただけでも、タフになったということかもしれない。

英子は張り切って、本屋のドアを押した。

「こんにちは、新しい絵本持って来ました」


「コーヒー、お代わりいかがですか」

莉沙がポットを持ってテーブルを回ると、客はちょっと驚いた顔をした。

カフェで、コーヒーのお代わり自由というのは、なかなかない試みだ。三杯も四杯も飲まれると、採算的にちょっと痛いが、その成果もあって客はだんだんと増えている。

カフェ飯のプレートに乗ったランチや軽食も人気が高い。

コーヒーは、莉沙が独自にブレンドしたものを使っている。この豆は、秋史が紹介してくれたものだ。あの時は、呆気に取られる結末を迎えたが、今はつくづくこれでよかったと思っている。

中目黒に念願のカフェを持って二年がたった。とにかく働いて資金を貯め、ようやく格安で借りられる古い一軒家を見つけた。とても人が住めるような代物ではなかったが、尚之とふたり、壁を塗り替え、床を張り替えて、自分たちの手で改装した。一階は店、二階は自宅になっている。

自宅と言っても六畳二間だが、もちろん贅沢を言うつもりはない。店はまだ人を雇う余裕はなく、ランチ時と夕方は尚之とふたりで店に出て、その他の時間は莉沙がひとりで切り回している。

客が途切れて、莉沙は二階に駆け上がった。

「花音《かのん》、どうしてる？」

「今、寝たとこなんだから起こさないで」

尚之が、台所で洗い物をしながら振り返った。

「ふふ、可愛い顔してよく寝てる」

莉沙は顔を覗き込む。

「離乳食いっぱい食べたから」

半年前、莉沙は女の子を出産した。名前は「花音」。妊娠がわかった時は、今の状態で子育てをする自信はなく、産むのを諦めようと思った。けれども、尚之の言葉で決心がついた。

「僕が母親になる」

世間からすれば、首を傾げたくなるような夫婦かもしれない。けれども、自分たちにはこれが似合っている。いちばんしっくりくるスタイルなのだ。

心配なのは、花音が言葉を発するようになった時、私のことを「パパ」と呼んだらどうしようということぐらいだ。でも、考えようによったら、それも悪くないと思える。

「今夜のおかずは、銀鱈《ぎんだら》の焼いたのと、ポテトサラダと、しめじと油揚げの味噌汁」

「ちょっとビールが飲みたいなぁ」

「しょうがないな、じゃあ一本つけようか」

「やった。さあ、もうひと踏ん張りして来るね、尚之と花音のために」

「お疲れさん、頑張ってね」

その声に、背中を押されるように、莉沙は店に下りて行った。


「こんにちは」

店に入って来たのは英子だ。

「いらっしゃい、相変わらず大荷物ね」

カウンターの中から、莉沙は声を掛けた。

「なかなか思うように売れなくて。いつものコーヒーね」

英子は肩から大きなバッグを下ろし、スツールに腰を下ろした。莉沙はすぐにコーヒーを淹れ始めた。

「でも、うちに置いて行ってくれた五冊、全部、売れたよ。ちょうど追加の連絡をしようと思ってたところ」

「ほんと、嬉しい。またよろしくね」

「花音にはまだ早いけど、尚之が毎晩、読み聞かせてるの」

「花音ちゃん、元気？」

「おかげさまで。後で見ていって。丈夫だけが取り得かな」

「それが何よりじゃない。尚之さんも？」

「最近、ますますいい母親ぶりを発揮してくれている」

莉沙がコーヒーを差し出すと、英子は鼻を近づけた。

「うーん、いい香り。莉沙の淹れてくれたコーヒーを飲むとほっとする」

英子が目を細めて口にする。それを莉沙は嬉しく眺める。

その時、風に乗って、近くの小学校のチャイムが流れてきた。

「懐かしいな、あの音」

英子が手を止めて聞き入った。

「もうすぐ夏休みか」

莉沙がつぶやく。

「そうかぁ、夏休みかぁ」

「子供の頃、夏休みが待ち遠しくて仕方なかったな。夏休みになったら、あれもしよう
これもしようって、そんなことばかり考えてた」

「私も、夏休みになったら楽しいことがいっぱいあるって信じてた」

「でも、大人になったら夏休みってないのよね」

英子がふと口調を変えた。

「私ね」

「ん？」

「あの時、来るはずもない夏休みをずっと待ってたような気がする」

「あの時？　ああ、あの時ね」

莉沙が頷く。

「かなり、恥ずかしいけれど」

「私だって同じ」

英子と莉沙は顔を見合わせた。

「でも今は毎日が夏休みみたいなものかな。好きなことが目一杯できるんだもの」

「そうね、ま、宿題いっぱい抱えた夏休みだけどね」

笑いあうと、またチャイムが聞こえて来た。その懐かしく、どこか切ない音色にふたりは少し感傷的な気持ちになり、しばらくの間、聞き入った。

初出　「ごめん。」『恋のかたち、愛の色』（二〇〇八年　徳間書店刊／二〇一〇年　徳間文庫）
「anniversary」　星野リゾート（二〇〇六年）
「プラチナ・リング」『Lovers』（二〇〇一年　祥伝社刊／二〇〇三年　祥伝社文庫）
「午前10時に空を見る」　ワーナーミュージック（二〇〇六年）
「彼女の躓き」『Friends』（二〇〇三年　祥伝社刊／二〇〇五年　祥伝社文庫）
「フォー・シーズン」　資生堂（二〇〇三年）
「婚前」『パリよ、こんにちは』（二〇〇五年　角川書店刊）
「PM8:00オフィスにて」　東芝EMI（二〇〇三年）
「消息」『Love Songs』（一九九八年　幻冬舎刊／一九九九年　幻冬舎文庫）
「明日のゆくえ」　東芝EMI（二〇〇四年）「あしたの行方」改題
「ラテを飲みながら」『恋のかけら』（二〇〇八年　幻冬舎刊）
「あの日の夢」　ソニーミュージック（二〇〇三年）
「手のひらの雪のように」『ナナイロノコイ』
（二〇〇三年　角川春樹事務所刊／二〇〇六年　ハルキ文庫）
「あしたまでの距離」　コカ・コーラ（二〇〇五年）

二〇一一年十一月　光文社刊

イラストレーション　網中いづる
ブックデザイン　鈴木久美

光文社文庫

ヴァニティ

著者　唯《ゆい》川《かわ》　恵《けい》

2014年5月20日　初版1刷発行
2024年8月25日　12刷発行

発行者　三宅貴久
印刷　萩原印刷
製本　ナショナル製本

発行所　株式会社　光文社
〒112-8011　東京都文京区音羽1-16-6
電話（03）5395-8149　編集部
8116　書籍販売部
8125　制作部

落丁本・乱丁本は制作部にご連絡くだされば、お取替えいたします。
ISBN978-4-334-76735-8　Printed in Japan

組版　萩原印刷